淫ら商店街は秘蜜の花園

阿久根道人
Douto Akune

三交社 文庫

目次

※この作品は艶情文庫のために書き下ろされたものです。

プロローグ〈晃司《こうじ》〉
フィットネス通いで結婚十年の妻が超名器に

俺はサウナもついているフィットネスクラブの大浴場を使うが、妻の明穂《あきほ》は「落ち着くから」と、いつも自宅の風呂を使う。

「ああ、いいお湯だったわ。やっぱり、フィットネスで身体《からだ》を動かした後のお風《ふ》呂《ろ》って、最高に気持ちいいわね」

今夜も俺がリビングのソファーでビールを飲みながらテレビの刑事ドラマを見ていると、明穂が素肌にバスタオルを巻いただけの格好で隣に座った。

ボディーソープやシャンプーの香りを振りまきながら、フェイスタオルで濡《ぬ》れた髪の毛を拭《ふ》いているため、Dカップの乳房が揺れてバスタオルの上端から今にもこぼれ出てきそうだ。剝《む》き出しのムッチリとした太ももの付け根辺りからは、牝《めす》の淫臭が立ち昇っている。

それは十年前に結婚して以来、毎晩のように繰り返され、見慣れた光景のはずだった。だが、これまでと違う点が一つだけあった。タオルをターバンのように髪に巻こうとして両腕を上げ、俺の目の前に晒《さら》されている無毛の腋窩《えきか》だ。年明けから夫婦で通い始めたフィットネスクラブのエステコーナーで、今日の昼間、脱毛処理をしてきたのだ。毛穴一つ見えない明穂の腋窩を見るのは、長い結婚生活の中でもこれが初めてだ。おまけに腋窩から何やら甘い匂《にお》いがして、股間《こかん》から立ち昇る牝臭と相俟《あいま》って、俺の鼻腔《びこう》をくすぐる。

バスタオルの下にはブラジャーもパンティーも着けてはいないと思うと、自分でも驚くほど急激にペニスに血液が流入し、パジャマのズボンを突き上げる。刑事ドラマの犯人探しなどどうでもよくなった。

どうして無毛の腋窩に興奮するのか自分でも不思議に思いながらも、明穂を抱き寄せずにはいられなかった。身体に巻きついたバスタオルをむしり取り、たわわな乳房の頂点にあるサクランボ色の乳首にむしゃぶりつく。

「ど、どうしたの？　晃司、いきなり……」

「明穂があんまり色っぽいからに決まってるだろ。なあ、いいだろ？」

返事を聞く前に明穂をソファーに押し倒し、仰向けになった明穂の右脚を背もたれに引っかけ、左脚を床に下ろした。両の太ももが百八十度の角度で開き、俺だけ目の前に現れた光景に思わず息を呑《の》んだ。黒々と密生しているはずの陰毛が、ただの一本もなくなっている。こんもりと盛り上がった恥丘も、色素沈着が進んだ大陰唇から会陰、肛門の周囲に至るまで、腋窩と同じように毛穴一つ見えないほど完全な脱毛処理が行われていたのだ。

「こ、これって……明穂、脱毛したのは腋《わき》の下だけじゃなかったのか？」

「ええ、最初はそのつもりだったけど、例のクーポン券には全身脱毛の無料サービスもついているって聞いて、思い切ってお願いしちゃった」

例のクーポン券とは、横浜市郊外にある珍萬寺《ちんまんじ》駅前商店街の歳末大売出しの福引きで、俺が引き当てた三等の賞品で、商店街に新しくできたフィットネスクラブのペア三カ月間無料体験クーポン券のこと。俺たちは夫婦で年明けから、徒歩五分のところにあるクラブに通い始め、一カ月がたったところだ。

「勝手に脱毛してごめんなさい。怒った？」

明穂だけでなく、成人した女性の無毛の生殖器官や排泄《はいせつ》器官を見るのも初めてだ。俺は思わず見入ってしまい、明穂に返事をするのも忘れていた。

「ねえったら……怒ったの？」

「い、いや。怒るわけないだろ。ツルツルの明穂《みほ》のオマ×コを見るの、初めてだから……見惚れてしまったのさ」

それだけ言うと、俺は顔をさらに近づけて、鼻息がかかるほどの至近距離からじっくりと観察する。

「明穂の身体、さっきからいい匂いをさせてると思ったら、エッチな気分になって発情してたんだな。その証拠に、オマ×コの上の方で、クリトリスが勃《た》って頭を出してるぞ。こんなのを見るのも初めてだ」

「発情だなんて……でも、最近、身体の芯《しん》から火照《ほて》ってきて、ときどきオナニーもしてるの。これもフィットネス効果なのかな？」

「そう言えば、俺も最近、朝勃ちすることが多くて、センズリする回数も増えてきたかもしれないな」

「なんだ。じゃあ、二人ともこっそりとオナってたってわけね。もったいない」

そのとき、明穂の膣穴《ちつあな》からドクッと蜜液《みつえき》があふれ、ほころび出た小陰唇を伝ってソファーにしたたり落ちた。その甘露のようなしずくを味わいたくなって、明穂の股間に顔を伏せた。

「はうっ！　あ、あなた、クンニは気持ちいいけど、無精ひげがチクチクして、くすぐったいわ」

俺は半年ほど前の去年の夏、大学を卒業してからずっと勤めてきた中堅商社を四十歳でリストラされ、失業保険で食いつないでいる。割り増し退職金でマンションのローンを完済でき、幸か不幸か子供もいないので、なんとか暮らしていけている。会社を辞めて以来、ひげを剃《そ》るのは週に一回になっていた。

「今夜はあなたがソファーに座って。久しぶりにフェラってあげるわ」

俺は急いでパジャマのズボンとトランクスを脱ぎ、大きく脚を開いてソファーにふんぞり返るように座る。明穂は足元の床に正座し、両手で勃起《ぼっき》ペニスを捧げ持つと、舌先でひとしきり亀頭を舐《な》め、一気に勃起ペニスの根元まで呑み込む。唇を窄《すぼ》めたまま頭を二、三度上下させ、一旦吐き出した。その目に淫靡《いんび》な光が宿っている。

「この味も匂いも、懐かしい感じがするわ。何カ月ぶりかしら？」

思えば、セックスはもちろん、こうして夫婦でイチャイチャするのも、退職後初めてだ。

「俺がリストラされてからやっていないから、まあ、半年ぶりだな。俺もさっき明穂のオマ×コを舐めて、懐かしい味と匂いがした」

明穂が手のひらで亀頭をくるみ、ズリッ、ズリッとこすってきた。俺の好きな手コキを覚えていたのだ。

「おおおおっ！　この手コキも気持ちいいけど……せっかくだから、明穂のオマ×コに入れたい」

「いいわよ。私もこのオチ×チン、久しぶりにオマ×コで味わいたくなったわ」

明穂は素早い身のこなしで俺の腰に跨《また》がると、左手で勃起ペニスを握り、ほころび出た小陰唇を亀頭に被《かぶ》せた。そして、一センチ刻みにゆっくりと、膣口や膣粘膜で勃起ペニスによる圧迫感や摩擦感を味わうように挿入していく。

「あうううんっ！　気持ちいいっ！　あ、あなたのオチ×チン……前よりも硬くなったみたい！」

「明穂のオマ×コも、前よりもきつく締めつけてくるぜ」

腰を激しく前後にしゃくる動きを見せる明穂のウエストをつかみ、俺も負けじと腰を突き上げる。ウエストをつかむ両手の感触にも、腰の動きにも違和感を覚えた。今までとは違い、ウエストがくびれている。

「明穂、なんだかウエストが細くなったみたいだし、それに、こんなにすごい腰遣い、初めてだぞ」

「えへっ、実は、もう一つついでに……ベリーダンスの教室にも通ってるの」

「道理で、腰の動きも、前よりも激しいと思ったよ。オマ×コが名器になった上に、こ、この腰の振り……たまらなく気持ちいいよ」

「あ、あなただって……お腹も引っ込んだし、腰の突き上げもすごいわっ！　まるでロデオの暴れ馬みたいっ！」

騎乗位で交わった明穂の身体を改めて眺めると、ウエストが細くなった分、乳房はDカップよりも大きく見え、腰の張り出しも強調される。結婚する前、明穂はこんな体型をしていた。身体が十年以上も若返ったのだ。

明穂とは、社内結婚だった。俺は営業部、明穂は経理部と部署は違ったが、出会ったきっかけはある年の社内運動会だった。余興で行われたミス&ミスターコンテストで、水着姿で見事なプロポーションを披露した明穂がミスに、そしてなぜだか、ダサい短パン姿の俺がミスターに選ばれたのだ。明穂のミスは誰《だれ》もが納得する順当な結果だったが、俺のミスターはその後『社内の七不思議』の一つと言われた。同じ部署の連中が面白半分で、アラサーで独身の俺に組織票を入れたと睨《にら》んでいる。でも、そのおかげで俺は明穂と交際を始め、幸運にも結婚できたのだから、そいつらに感謝しているぐらいだ。組織票を入れたやつの中には、その悪戯《いたずら》を後悔した者も多いはずだ。

結婚三年目に、大和田《おおわだ》家の菩提寺《ぼだいじ》である珍萬寺の近くに2LDKのマンションを買った。賑《にぎ》わう商店街のすぐ裏手にあるにもかかわらず静かで、最上階の五階からの眺めも気に入っている。

結婚して十年の間に、俺も明穂も少しずつ太ってきて、去年の暮れまでは、お互いに若いころのスリムでメリハリのあった体型は見る影もなくなっていた。それが、年明けから例のクーポン券を使い、失業中の暇に飽かして夫婦で毎日のようにフィットネスクラブで汗を流すようになってから、二人の心身に変化が出てきた。

今夜の一件でも明らかなように、二人とも腹回りの脂肪が落ちたという外見だけの変化ではなく、お互いに性欲が甦《よみがえ》り、俺のペニスは勃起時の硬さが増し、明穂の膣穴は締まりがよくなった。

今、まさに騎乗位で披露してくれているプロのベリーダンサー顔負けの腰の動きも、かつてはなかった激しさだ。

「明穂の腰の動き……気持ちよすぎるっ！　お、俺はもうイクぞっ！」

「私も、イクッ！　イクッ！　イクゥウウウウッ！」

二人、同時に絶頂に達した。明穂は俺の腰に跨がったまま、背中を極限まで反らし、マンションの天井に向かって絶叫を放った。俺も明穂の膣穴のきつい締めつけを堪能《たんのう》し、会心の射精をした。

この夜以来、昼間は一緒にフィットネスクラブで身体を鍛え、夜は二度目の新婚時代のようにお互いの身体を求め合うのが日課となった。三カ月の無料体験期間が終わるころには、俺の身体は腹筋がバキバキに割れ、若いころにもなかった逆三角形の体型になった。

明穂も若いころよりスタイルがよくなり、独身時代に着ていたというハイレグワンピースの水着を着せると、まるで熟女レースクイーンだ。おまけに、膣穴の締まりがよくなっただけでなく、感度もよくなったらしく、絶頂したときに時折り、イキ潮まで噴くようになった。

商店街の年末大売り出しの福引きであたったクーポン券で、冷めかけていた夫婦の仲が元に戻ったわけだが、俺が引き当てた『福』はそれだけではなかった。まるで昔話で有名な「わらしべ長者」のように、俺たち夫婦は、信じられないような素晴らしいセックス体験を次々とすることになるのだ。

第一章 〈晃司〉 元タカラジェンヌの人妻の純白の恥丘と乱れた黒菊

昨年の暮れ、横浜市郊外を走る私鉄の珍萬寺駅前にある商店街の福引きで当てたフィットネスクラブのペア三カ月無料体験クーポンも、今日でとうとう期限切れだ。明穂と二人でマシンを使って汗を流していると、膝上《ひざうえ》丈の紺色のスカートスーツを着た女が話しかけてきた。このクラブの関係者らしいが、インストラクターでないことは一目で分かった。シューズを履いておらず、ほとんど透明に近いストッキングを透かして見える真っ赤なペディキュアが艶《なま》めかしい。いかにもヤリ手キャリアウーマンという感じだが、ひっつめ髪のポニーテールをほどいたら、きっとかなり色っぽい熟女に変身するに違いない。

有料会員になってくれという話だったら、いくら美熟女の勧誘であろうと断るつもりで、つい身構えてしまった。毎日のようにこのクラブに通ったおかげで夫婦仲がよくなり、毎晩のように気持ちのいいセックスをしているからといって、失業中の身では、有料会員になるなんて贅沢《ぜいたく》は許されないからだ。一方で、そんな失業者気質が染み込んだ自分が嫌でもあるのだが……。

「フィットネスの最中に失礼します。わたくし、当フィットネスクラブチェーンの広報を担当しております高橋桂子《たかはしけいこ》と申します」

渡された名刺には「広報部長」という肩書が入っている。

「広報部長さんが、私たちにどんなご用で？」

「はい。実は、大和田様ご夫妻に、当チェーンのテレビCMにご出演いただきたいと思い、そのお願いにまいりました」

「ええっ？　俺と明穂がテレビのCMに？」

聞けば、新しいCMを制作するにあたっては、毎回、全国の店舗にCM出演するに相応《ふさわ》しい会員を推薦させ、集まった候補者の中から男女各一名が選ばれるという。今回はたまたま、この珍萬寺駅前店が推薦した俺と明穂が一緒に選ばれたのだそうだ。

確かに、俺と明穂はこのクラブ内で、特にプールではかなり目立つ存在になっていた。明穂は股間がどんなに切れ上がった水着でも陰毛がはみ出す心配がないので、レースクイーンが着るようなハイレグ水着を愛用している。伸縮性のある布地を限界まで突き上げるDカップの乳房、くびれたウエスト、張り出しの見事な腰が描く曲線は、夫の俺が言うのもなんだが、まるで名工の手になる白磁の花器のように流麗だ。

そんな水着姿の明穂がプールサイドに立つと、男たちの舐めるような視線が一斉に集まる。家に帰ればこのいい女を抱けるのだと思うと、優越感も手伝って、プールの中でペニスを勃起させるのが常となった。

一方、明穂によれば、逆三角形の細マッチョな上半身、股間のモッコリも露《あら》わなブーメランパンツの水着姿の俺も、密《ひそ》かに女たちの視線を集めているという。極小の水着を穿《は》くために、俺もわざわざエステで下腹部を完全脱毛した。

そういえば、このクラブの店長がある日、そんな俺たち夫婦の写真を撮らせてくれと言ってきたので、よく考えもせずオーケーしたことがあった。そのときの写真を送り、CM出演候補者として推薦したに違いない。

「選考委員会で、大和田様ご夫妻が全会一致で選出されました。もちろん出演料もそれなりにお払いしますし、一年間無料で全国のクラブをご利用いただける特典もおつけします。共演していただく俳優の仁科晴彦《にしなはるひこ》様と元タカラジェンヌの初音《はつね》様ご夫妻に、大和田様ご夫妻の写真をお見せしたところ、ご夫妻もいたくお気に入りのご様子でした。何卒《なにとぞ》、ご検討のほど、よろしくお願いいたします」

失業中の身には「出演料」「一年間無料」といった言葉は響く。明穂を見て、同じ考えだとわかった。

「検討する必要はありません」

「そ、そこをなんとか……」

「いいえ、検討するまでもなく、喜んで出演させていただきます。なあ、明穂もいいよな？」

「もちろんです。私も喜んで出演させていただきますわ」

さすがに金額までは聞けなかったが、まあ、ホルモンではない焼き肉屋か、回転しない寿司屋に行けるぐらいの出演料はもらえるだろう。それに、明穂は五十歳になるロマンスグレーの仁科晴彦のファンだし、俺は年齢が同じ四十歳で、清《せい》楚《そ》を絵に描いたような初音夫人のファンだった。

初音夫人は、宝塚歌劇団史上最高の娘役、錦織《にしきおり》初音として人気を博し、二十代後半で退団すると、清純派女優としてテレビで活躍した。だが、三十歳のとき、十歳年上の仁科晴彦と結婚して芸能界から引退してしまった。引退する直前、ハワイで撮影された水着姿が満載の写真集が発売され、そのスリムな身体に似合わないたわわな乳房、こんもりと盛り上がった恥丘をオカズに何度もオナニーをした。

その初音夫人に直接会える上に、久々に焼き肉か寿司が食べられるなら不満はない。その夜は初音夫人の水着姿が目に浮かび、ついつい明穂と二度も事に及んだ。一度目は水着をむしり取って素っ裸の初音夫人を押し倒すシーン、二度目は初音夫人の細腰に後背位で突き入れるシーンを想像しながら明穂の膣穴に射精した。明穂は二度目の絶頂に達したとき、イキ潮を噴いた。仁科晴彦に犯されるシーンでも思い描いていたのかもしれないが、もしそうだとしても、お互いさまだから文句は言えない。

CM撮影はそれから一週間後、テレビドラマの撮影にも使われる東京都内のスタジオで行われた。俺たちが約束の時間ぎりぎりに到着したとき、仁科夫妻はすでにスタジオ入りして待っていて、恐縮する俺たちを温かく迎えてくれた。

仁科夫妻が着ている衣装を見て、俺も明穂も驚いた。仁科晴彦は足首まで隠れる黒いスパッツを穿き、上半身は裸。初音夫人は、白いマイクロミニスパッツに白いスポーツブラというヘソ出しルックだ。

仁科晴彦の身長は一七五センチの俺よりも少し高く、初音夫人は一六〇センチの明穂と同じぐらいだ。

俺たちも控え室で同じ衣装に着替え、スタジオに戻ると、俺の目は改めて初音夫人の身体に釘《くぎ》づけになった。

初音夫人は全体にスリムな体型だが、引退前に撮影した水着写真集で見せてくれた豊満な乳房は健在だ。その乳房をスポーツブラで寄せて上げているために、胸の谷間がクッキリと見える。下半身で目を引くのは、スラリと伸びた生脚の付け根にある恥丘だ。ピチピチのスパッツは、そのこんもりと盛り上がった恥丘の形を浮き彫りにしている。そして、小ぶりながらツンと上を向いた尻山《しりやま》の下半分がスパッツからはみ出している。

女性でも鍛えれば贅肉《ぜいにく》のない下腹やキュッと締まったヒップを獲得できることを強調するためのコスチュームなのだろうが、清楚な美貌《びぼう》とは裏腹に、熟れきった肉体のエロさといったら……俺はスパッツの下にサポーターパンツを穿いていたにもかかわらず、見ているだけでペニスの海綿体にドクドクと音を立てて血液が流入し、サポーターの締めつけも虚《むな》しく完全勃起させた。しかも、間の悪いことに、ピッチリしたスパッツにクッキリと浮かび上がった勃起ペニスの形を、初音夫人に見られてしまった。

明穂もチラチラと、黒スパッツを穿いた仁科晴彦の股間に視線をやっている。仁科晴彦のペニスも、勃起こそしていないが、なかなかのモッコリぶりだ。

撮影は仁科晴彦が俺を、初音夫人が明穂をリードしてくれたため、思いのほか順調に進み、最後に明穂と初音夫人が激しく腰を振るベリーダンスを披露して終わった。スタッフだけでなく仁科夫妻も拍手してくれたぐらいだから、きっとうまくいったのだろう。

ただ、その間、初音夫人の半裸の艶めかしい姿態を間近で見せつけられ、汗の匂い混じりの牝臭を嗅《か》がされ、サポーターパンツの中で勃起したペニスの先端から先走り汁が垂れ流し状態だったのには閉口した。

帰り際に例の女広報部長が控え室にやって来て、テーブルに仁科夫妻のサイン入りの色紙とＡ４サイズの紙片、それに分厚い封筒を置いた。

「おかげさまで、素晴らしい映像が撮れました。一年間無料の会員証は今日中に郵送させていただきます。本日は本当にありがとうございました」

紙片は領収書で、金額欄には「金壱百万円也」と印字されていた。我が目を疑い、見直したが、やはり金額は百万円だった。

「お礼を言うのは、こちらの方です。仁科さんご夫妻にも、くれぐれもよろしくお伝えください」

領収書にサインしてスタジオを出ると、スリやひったくりに遭わないように明穂と二人で身を寄せ合って電車に乗り、焼き肉屋や寿司屋はおろか、コンビニにも寄らず真っ直《す》ぐに家に帰った。こんな大金を持ったことがなかったから、不安で仕方なかったのだ。

そして、ピザの出前を頼むと、明穂をソファーに押し倒し、初音夫人の胸の谷間やモッコリした恥丘、ツンと上を向いた尻山を思い出しながら、明穂の膣穴の奥深くに、撮影の間に溜《た》まりに溜まった精液を思い切りしぶかせた。明穂も恐らく仁科晴彦の股間のモッコリを思いながら絶頂し、イキ潮を噴き上げた。

ソファーや床に飛び散ったイキ潮を拭き取り、二人でシャワーを浴びて風呂から出たとき、ピザが届いた。この夜の缶ビールとピザの味は格別にうまく感じられた。これはこれで人生最良の日といえた。しかし、数日後にさらに素晴らしい僥倖《ぎょうこう》に恵まれることになるとは、俺も明穂も夢にも思っていなかった。

ＣＭ撮影の翌日、現金百万円が入った封筒から五万円を抜き取り、残りは銀行に預けた。夜は一万円を持って、明穂と二人で珍萬寺駅前にある老舗《しにせ》の寿司屋に行き、たらふく食って飲んだ。老舗といっても、ただ昔からあるというだけで、取り立ててうまいわけでもない代わりに、高くもない。

翌日は二万円を持って商店街に最近できた焼き肉のチェーン店に行った。確かにうまいだけあって、そこそこ高かった。家に戻ると、広報部長が言った通り、一年間無料の特別会員券が二枚届いていた。

ほかにやることもないので、翌日からまた夫婦でフィットネス通いを始めた。受付で真新しい会員証を見せると、店長が出てきて、仁科夫妻が所属する事務所のマネージャーの名刺を渡し、そこに書かれている番号に電話をするようにと言う。その場で携帯から電話すると、マネージャーがすぐに出た。

「ああ、大和田さん、ご連絡いただきまして、ありがとうございます。実は仁科と初音夫人から、大和田さんご夫妻にお願いごとがありまして……」

「仁科さんと奥様が?」

初音夫人の意外に大きい乳房、こんもりと盛り上がった恥丘、ツンと上を向いた尻山が目の前に浮かび、汗の匂いに混じった牝臭が鼻腔に甦った。危うくペニスを勃起させるところだった。

「仁科さんご夫妻が、私たちになんのご用でしょうか?」

「電話ではちょっと申し上げにくいことでして……実は今、そちらのクラブの近くにいるんです。お呼びだてするようで恐縮ですが、商店街にあるバロンという喫茶店においで願えないでしょうか？」

「分かりました。バロンなら知っています。すぐに伺います」

なんの用だか見当がつかないが、マネージャーがこれだけ丁重な話し方をするということは、仁科夫妻にとって余程大切なことに違いない。

バロンはレトロな純喫茶で、平日の午前中の客はまばらだ。窓際の一番奥のテーブルにいた背広姿の見覚えのある男が、俺たちを見て立ち上がる。

「ああ、大和田さん、お呼びだてしてすみません。どうぞお座りください」

仁科晴彦のマネージャーは、向かい側の席に俺たちを座らせた。俺と明穂はホットコーヒーを注文した。カップに市販のインスタントコーヒーを入れ、お湯を注ぐだけだから、出てくるのが早い。

「どうしたんですか？　私の携帯の番号だったら、あの女性の広報部長さんがご存じなのに」

「クラブ側には知られず、内々に連絡したかったので……」

「なんだか、怖いな」

「気が進まないとか、ご迷惑でしたら、断っていただいて結構ですから」

そのとき、ウェイトレスが俺と明穂のコーヒーを置いていった。その後ろ姿を見送りながらマネージャーが続ける。

「単刀直入に言います。実は仁科夫妻が、大和田様ご夫妻とスワッピングをできないか聞いてみてくれと言っているのです」

俺と明穂は、口に含んでいたコーヒーを危うく吹き出すところだった。

「ス、スワッピング？」

「しっ、声が大きい！　さっきも言ったように、嫌なら断ってくださって結構です。ただし、このことは絶対に口外されないように願います」

「別に嫌だというわけではないですが……明穂と二人で相談させてください。こんなすごいこと、すぐこの場で決めろと言われても、無理ですよ」

そうは言ったものの、俺の頭の中は、初音夫人とセックスすることでいっぱいだった。ペニスの海綿体に血液がドクッと流入した。明穂もうなずきながら、遠くを見るような目をしている。

つい三日前にＣＭ撮影スタジオで、熟れきった半裸の肉体を間近に見て濃厚な牝臭を嗅いだ、かつてのオナペット初音夫人。そのたわわな乳房を揉《も》みながら乳首を吸い、盛り上がった恥丘やそれに続く陰裂を舐める。そして、ツンと上を向いた尻山をワシづかみにして、後背位から勃起ペニスを膣穴に突き入れる。

　その身体は、ただの人妻のものではない。俺と同じ四十歳以上の日本人の男の多くが若かりしころ、初音夫人をオカズにオナニーした経験は一度や二度ではないはずだ。その憧《あこが》れの元女優とセックスができるなんて……妄想が妄想を呼び、半勃ちペニスが完全に勃起しそうになったとき、マネージャーの声で現実に引き戻された。

「それはそうですよね。分かりました。ただ、仁科はせっかちなところがありまして、この話をお受けいただける場合、今夜八時から八時半の間に、私の携帯に電話をください。八時半まで待って電話がなければ、仁科夫妻には諦《あきら》めるように言います」

　マネージャーと別れた後、二人ともフィットネスクラブに行く気がなくなり、そのまま家に戻ると、まだ日が高いというのにバスルームでセックスに及んだ。それは、明穂がいつイキ潮を噴いてもいいようにという『性活』の知恵だ。

　俺が密かに初音夫人とのセックスを妄想してペニスを勃起させていたように、明穂もどうやら憧れの仁科晴彦とのセックスを妄想していたらしい。浴室の洗い場に立ったまま抱き合い、明穂の小陰唇に触れると、そこはすでに前戯の必要がないほど十分に蜜液をしたたらせていた。

「明穂、仁科晴彦とセックスできると思って濡らしてたな」

明穂は悪戯っぽく笑うと、左手で俺の勃起ペニスの肉茎をしごき、右の手のひらで亀頭をズリッ、ズリッとこねる。あまりの快感に思わず「ううっ！」と呻《うめ》き声を上げ、腰を引いてしまった。

「あなたの方こそ、マネージャーさんと話しているときから、元女優の初音さんとセックスすることを思いながら、勃起させてたでしょ。あんまり分かりやすすぎて、吹き出しそうになったわ」

「じゃあ、いいんだな、あの話、オーケーしても？」

明穂は手コキを続けながら、返事をする。

「あなたがしたければ、私はいいわよ」

自慢じゃないが、俺は結婚してから明穂以外の女に浮気したことはない。明穂も俺以外の男と浮気していないはずだ。仁科夫妻とスワッピングするとなれば、お互いに初めて公認で浮気することになる。だから、俺も明穂も罪の意識を感じて悩んでもいいはずだが、思ったよりも心理的なハードルは低かった。

考えてみると、仁科夫妻とはCM撮影の際、二人とも半日以上にわたってセックスを意識しながらフィットネスの真似事《まねごと》をしていた。そのせいか、スワッピングしようと言われても、フィットネスの延長線上のような気分でもある。恐らく明穂もそんな感じなのだろう。

それに、俺が若いころのようにギンギンになった勃起ペニスで明穂以外の女の膣穴を味わいたいと思っているように、明穂も締まりがよくなった膣穴で俺以外の男のペニスを味わいたいと思っているのかもしれない。

「それにしても、商店街の福引きであのクーポン券が当たってから、思いも寄らない展開になったわね」

「ああ、特賞のハワイ旅行なんかより、遙《はる》かにすごい賞品だぜ」

「ねえ、そろそろ私の中に入る。それとも……後でクンニしてくれるなら、このまま初音さんを思いながら手コキかフェラでイカせてあげてもいいわよ」

「ば、馬鹿言え。明穂のオマ×コに入れるに決まってるだろ」

初音夫人の熟れた肉体をほしいままにする妄想を抱きながら、明穂の手コキでイクのもいいが、その後で仁科晴彦を思っている明穂をクンニでイカせるのが嫌だったのだ。

明穂に壁に両手をつかせ、立ちバックの体位で挿入する。俺が射精すると同時に明穂も絶頂を迎え、案の定、イキ潮を噴いた。

その夜、八時きっかりにマネージャーの携帯にかけると、驚いたことにいきなり仁科晴彦が出た。本当に、かなりのせっかちらしい。

「やあ、大和田くん、電話をくれたということは、例の件、オーケーということでいいんだね？」

「もちろんです。でも、本当に俺たちでいいんですか？」

「いやあ、ありがとう。初音が大和田くんのことをいたく気に入ってね。私も明穂さんが気に入っていたので、じゃあ、頼んでみようってことになったのさ。でも、引き受けてくれて、本当にうれしいよ」

「こちらこそ、そう言ってもらえて光栄です。ありがとうございます」

「で、さっそくだけど……私は来週から、時代劇ドラマのロケで京都に行かなきゃならん。急な話で恐縮だが、明日か明後日《あさって》の夕方六時、上野《うえの》の寒山荘《かんざんそう》という旅館にご夫婦で来てくれないかな？」

「はい、明後日なら大丈夫です」

どうせ失業中だから明日でもよかったのだが、ホイホイと行くのも軽く見られそうで嫌だったし、前の日は明穂とのセックスは控え、精力を蓄えてから初音夫人の媚肉《びにく》に臨みたいと思ったのだ。

「では、明後日の六時に。寒山荘の場所はネットで調べればすぐに分かる。まずは晩飯を食いながら、軽く一杯やろう。帰りは、ご自宅までハイヤーで送らせるから、心配はいらないよ」

仁科晴彦は終始、上機嫌で電話を切った。俺は明日の禁欲に備えるため、バスタオルを敷いたソファーに明穂を押し倒し、今度は正常位で交わった。ほどなく二人同時に絶頂に達したが、幸い明穂は今度はイキ潮を噴かなかった。

寒山荘は上野寛永寺《かんえいじ》の裏手の閑静な住宅街の中に、ひっそりと佇《たたず》んでいる。外観はいかにも古びた旅館の風情だが、玄関を入って、その豪奢《ごうしゃ》な造りに驚かされた。三畳ほどの広さの三和土《たたき》に踏み石、式台、踏み段と登った畳敷きの玄関の間で、女将《おかみ》とおぼしき白髪の上品な老婆が正座して迎えてくれた。柱や梁《はり》はいずれも一辺が三十センチ近くある角材で、幅が二メートルはある板張りの廊下はピカピカに磨き上げられている。格式の高さは一目瞭然《いちもくりょうぜん》だ。俺はノーネクタイながらグレーのスーツ、明穂は紺色のスカートスーツを着てきており、ラフな格好をしてこなくてよかったと思った。

果たしてこの宿の大女将だと名乗った老婆の後をついていくと、手入れの行き届いた日本庭園を望む廊下の先、小さな池にかけられた渡り廊下を通って離れの間に案内された。庭にはところどころに露地《ろじ》行灯《あんどん》が置かれ、その幽玄な眺めは、ここが東京の都心であることを忘れさせる。

「仁科様、お連れさまがお着きになりました」

二間続きの手前の部屋の前の廊下に大女将が正座し、雪見障子の中に声をかけると、中から仁科晴彦の声がした。

「おう、ありがとう。大和田さん、中へどうぞ」

大女将は俺と明穂のために障子を開けると、座敷の中を見ようともせず、「ごゆっくり」とだけ言って下がっていった。何か、見てはならないもの、見たくはないものが座敷の中にあるような素振りだった。座敷の中から流れ出た温かく湿った空気に、つい先日嗅がせてもらった初音夫人の牝臭が混じっているのが分かった。

大女将が逃げるように立ち去り、初音夫人の牝臭が漂っている理由は、座敷の中を見てすぐに分かった。仁科晴彦は宿の茶色の着物と紺色羽織を着て、上座に着席している。初音夫人は同じ着物に羽織姿で、座敷の端に立っているが、ただ立っているのではない。奥の間との境の欄間《らんま》にかけられた赤い帯で、万歳の形に上げた両の手首をくくられ、腋窩を晒して吊《つ》るされているのだ。羽織の紐《ひも》を解かれ、帯を奪われた着物の前身頃をだらしなくはだけ、両の乳房の谷間、臍《へそ》、そしてムッチリとした太ももの付け根に広がる漆黒の密林が覗《のぞ》く。

「こ、これは……」

「きゃあ……初音さんっ！」

俺と明穂は同時に声を上げた。

「いやあ、驚かせて、すまん、すまん。初音がどうしても、この格好で二人をお迎えしたいと言うもので」

仁科はそう言うが、初音夫人は腋窩まで露わになった両腕の間で顔をそむけ、うつむいている。太ももをよじって股間の翳《かげ》りを隠そうと無駄な努力をしている初音夫人が、自ら進んで縛られたいと言ったとは思えない。仁科が嫌がる夫人を無理やりに吊るしたに違いないだろう。

書院造りの立派な床の間がある十畳ほどの座敷の侘《わ》び寂《さ》びの風情が、しだらない初音夫人の半裸の姿をくっきりと浮かび上がらせ、淫靡の極致にまで引き上げている。俺たちは呆然《ぼうぜん》と立ち尽くし、その危な絵に見入っていた。

「この宿は、私が若いころから定宿にしていて、大女将は何もかも承知しているから、気にしなくていい。ほら……初音も、お二人にご挨拶《あいさつ》しなさい」

恥ずかしそうに下を向いていた初音夫人が化粧っ気のない顔を上げると、その目には意外にも妖《あや》しい光が宿り、そこだけ化粧をして真っ赤な口紅を引いた唇から、思いがけない言葉が発せられた。

「こんな中途半端な格好でご挨拶するのは、お二人に失礼ですわ。あなた、手伝ってください」

「それもそうだな。私としたことが……」

仁科晴彦は美貌の妻の後ろに回り、手首をくくっている帯をほどくと、妻の身体から着物と羽織を引き剝《は》がし、再び頭の上で両手首を帯でくくる。仁科の手際のよさから、日ごろから束縛プレーに精通していることが窺《うかが》えた。

俺たちの目の前で、タカラジェンヌから清純派女優に転身し、世の多くの男たちのオナペットとなった錦織初音が、当時よりも熟れた媚肉を夫の手で全裸に剝かれ、両手首を高々とくくられ、まるで戦に敗れた国の美しき妃のような哀れな格好で吊されている。現実とはにわかに信じがたいほど艶媚《えんび》な危な絵を前に、俺はペニスを勃起させることも忘れていた。明穂も隣で、口をポカンと開けて立っている。

初音夫人がそんな俺たちを真っ直ぐに見て、昂奮《こうふん》に胸を大きく上下させる。真っ赤な口紅も艶めかしいその口を突いて出たのは、耳を疑うような挨拶の口上だった。

「お、大和田様、明穂さん……本日はよくおいでくださいました。いきなり醜いものをお目にかけまして、申し訳ありません。でも、お二人には、初音の恥ずかしい姿を、どうしても見てもらいたかったの……どうぞ、そんな初音を蔑《さげす》んでください」

両手をくくられて吊るされたのは、仁科が言った通り、初音夫人から望んだことだった。俺はますます混乱しながらも、なんとか返答をする。

「醜いとか、蔑むとか……そんなこと、とんでもないです。奥様はとってもきれいで、思わず見とれてしまいました」

全裸で吊るされた美しい人妻を前に、これ以上何を言えばいいのか思い浮かばずにいると、上機嫌の仁科が声をかけてきた。

「お二人さんも着替えてきたらどうかな？　廊下の先に、離れ専用の風呂があって、脱衣場に着物と羽織が用意してあるから」

俺たちは何も考えることができないまま、言われた通り、着物と羽織に着替えた。男物は焦げ茶色の帯、女物は初音夫人の手首をくっているのと同じ赤い帯だ。俺は着替えながら、初音夫人のたわわな胸や、気品すら感じさせる美貌に不釣り合いな股間の剛毛よりも、なぜか毛穴一つ見えない真っ白な腋窩を思い出して欲情を覚え、ようやくペニスを勃起させた。同性の美しくも淫靡な裸身を見た明穂も、発情しているようだ。

仁科夫婦と同じ着物と羽織を着て部屋に戻ると、先ほどの大女将と年配の仲居が黒檀《こくたん》の座卓に色とりどりの酒の肴《さかな》を並べているところだった。うまそうな料理の匂いに混じって、さっきよりも一段と濃くなった初音夫人の牝臭が漂う。

食事の用意がされている間も、初音夫人は全裸で欄間に吊るされたままだ。

初音夫人は顔をそむけてうつむき、太ももをこすり合わせるようにモゾモゾと動かしているが、それは羞恥心《しゅうち》ゆえではなく、羞恥心がもたらす快感のせいに違いない。すでに勃起している俺のペニスの海綿体になおも血液が流入しようとし、痛いほどに膨張し硬くなっている。

料理を並べ終えた大女将が、俺と明穂を見て尋ねる。

「着物と羽織の大きさはいかがです？」

喉《のど》がカラカラに乾いて声が出ない俺に代わって、明穂が答えてくれた。

「はい、ちょうどピッタリで、暖かいし、着心地もとってもいいです」

「それはよろしゅうございました。では、お食事をお楽しみください」

大女将と仲居は座敷を出ていく直前、冷たい眼差《まなざ》しで全裸の初音夫人をチラリと見た。誰かに蔑まれたいという初音夫人の望みが叶《かな》った。

「さあ、お二人とも、座った、座った」

宿の二人が出ていくと、仁科は俺と明穂に、座卓を挟んで向かい側に座るように促した。俺が座ろうとすると、明穂が引き留めるように袖を引っ張る。

「どうしたんだ？」

明穂の目元に、発情の色がありありと浮かんでいる。

「ねえ、あなた、私も初音さんみたいに……いいでしょ？　仁科さんもいいですよね？　私も奥様の隣で……」

「もちろんですよ、明穂さん。こちらからお願いしたいと思っていたんです。晃司くんも異存はないね？」

二組の男女がお互いにパートナーを交換し合ってセックスを楽しむのがスワッ

ピングであり、その一方が自分の妻の裸身を晒しているのに、もう一方が駄目だと言えるわけがない。しかも、明穂から言い出したのだ。脱衣場で発情していたのは、自分も初音夫人と同じように全裸で吊るされる姿を思い描いてのことだったのか。

俺が明穂の羽織の紐を解いて帯を落とし、羽織と着物を剝き取ると、白いパンティー一枚の裸身が現れる。そのパンティーも脱がそうとすると、仁科が声をかけてきた。

「ああ、パンティーはそのままにしておいてもらえますかな？　後で私の手で脱がせる楽しみを取っておきたいのでね」

俺は無言でうなずき、パンティー一枚を身に着けただけの明穂の両手首を着物の帯でくくり、初音夫人の横に立たせ、帯の一端を欄間に通して引き上げる。そして、初音夫人と同じように、爪先《つまさき》立ちする高さで帯を固定した。

「おお、素晴らしい。明穂さんの身体は、あのCM撮影のときに想像した通り、いや、それ以上の美しさだ。晃司くんがうらやましいな」

「いえ、仁科さんこそ、初音さんのような美しい奥様がおありで、うらやましいです」

俺が仁科の向かい側に腰を下ろすと、仁科が「ま、一杯」とお銚子《ちょうし》を差し出した。仁科が酒を注《つ》いでくれた盃を座卓に置き、俺の前に置かれたお銚子から仁科の盃に注いでやる。そのまま目だけを合わせて盃を上げ、乾杯する。

上座に座った仁科の右手、その向かいに座る俺の左手二メートルほどのところに、初音夫人と明穂が吊るされている。二杯目から手酌で飲みながら、初音夫人の裸身をじっくりと鑑賞させてもらった。それはまさに、鑑賞するというに相応しい美しさだ。

まず目につくのが、白系ロシア人の血でも入っているのかと思うほどの肌の白さだ。赤い帯に手首をくくられて頭上高くに伸ばされた細い腕、毛穴一つ見えない腋窩、細身の身体には不釣り合いなほどたわわで血管が青白く透けて見える乳房、くびれたウエストから緩やかなカーブを描く柳腰、うっすらと脂肪をのせた下腹、スラリと伸びた太ももと引き締まったふくらはぎ、折れそうに細い足首……豊かな黒髪は後頭部でシニョンにまとめられ、名工の手による芸術品のような一糸まとわぬ肉体が、照明が点《つ》いていない奥の間の闇《やみ》を背景に、白く浮かび上がっている。

だが、そうした全身の肌の白さに瑕《きず》をつけているのが、色素沈着が進んだ大ぶりの乳首と、まるで股間に黒い毛皮でも貼《は》りつけたような漆黒の剛毛だ。褐色の乳首はもとより隠しようがないが、初音夫人は剛毛をなんとか隠そうとして太ももをよじらせ、敷居の上で真っ赤なペディキュアを施した足指を蠢《うごめ》かせる。それがまた、えも言われぬ被虐のエロティシズムに拍車をかける。

一方、明穂はというと、身長や全体の身体つきは初音夫人とほぼ同じだが、肌の色は淡い小麦色で、乳首は大きさも色もサクランボに似ている。そして、今はパンティーを穿いたままなので見えないが、股間は腋窩と同様に完全に無毛で、陰裂から小陰唇がほころび出ている。

仁科も、初音夫人と明穂の身体を比較しながら眺めているに違いない。俺はふと不安になった。俺にはＳＭ趣味はないし、明穂にそれを覚えさせるつもりもない。仁科はこのまま本格的なＳＭプレーに雪崩《なだ》れ込むつもりなのか。仁科は俺の不安を察したらしい。

「美しいものを眺めながら飲む酒は格別だ。だから、自分の家で飲むときも、ときどき初音を裸にひん剝いて、例えば椅子《いす》の上でＭ字開脚させたり、今夜みたいに吊るしたり……言ってみれば、ライトな露出プレーと放置プレーで、酒席の余興のようなものだ。私にも初音にも、それ以上のＳＭ趣味はない」

「いや、それを聞いて、安心しました。ちょっと心配だったもので……」

「それよりも、晃司くん、どうかね、初音の黒々とした陰毛は？　後で触れば分かるが、フサフサして、ミンクか黒テンの毛皮のような触り心地ですよ」

それからしばらくの間、仁科と俺は、熟れきった初音夫人と熟れ始めの明穂の全裸の肉体を肴に、酒を飲み、料理をつまんだ。憧れのオナペット女優の美しい裸身を眺めながら飲む酒は、確かに格別だった。

そのうちに初音夫人の身悶《みもだ》えが激しくなった。

「初音、どうかしたのか？」

仁科は明らかにその理由を知っていながら、わざと尋ねる口調だった。

「お、お願いです……あなた……」

「だから、どうしたと聞いている」

「お、おトイレに……い、行かせてください」

「どうしてトイレに行きたいんだ？」

「オ、オシッコです。オシッコをしたいの」

すると、明穂まで初音夫人につられたようだ。

「わ、私も……オシッコしたい」

仁科は盃の酒をグイッと飲み干した。

「まあ、この座敷で粗相をされても興覚めだから、晃司くん、行かせてやってもいいかな？」

「もちろんです」

俺たちが立ち上がり、自分の妻の手首を縛っている帯を解いてやると、二人は小腰を屈《かが》めて廊下に出て、風呂の隣にあるトイレに行った。

先ほどは俺と明穂を並んで座らせようとした仁科が、初音夫人と明穂が戻ってくると、今度は初音夫人を俺の右隣に、明穂も自分の右隣に座らせた。俺は以前に勤めていた商社で接待の場数を踏んでいる。その逆に座るのが和室での席次だと知っているので、おやっと思った。仁科もそれを知らないはずはない。

だが、一糸まとわぬ全裸の初音夫人が俺の隣に正座すると、そんなちんけな引っかかりは、すぐにどこかに吹き飛んでいった。

全裸の初音夫人が「さあ、お一つどうぞ」とお銚子を差し出してきたとき、太ももの付け根に黒々と繁茂する陰毛が目に入った。次いで、きついばかりの淫臭が鼻を突き、思わず盃を持つ手が震えた。仁科は落ち着き払った態度でパンティ一枚の明穂の酌を受け、自分の妻と俺の様子を面白そうに眺めている。

ＣＭ撮影の際の思い出話に花を咲かせ、盃を重ねていると、初音夫人が膝を崩し、胡坐《あぐら》をかいた俺の太ももに左手を置いてきた。右手で自ら箸《はし》を使って料理を食べたり、酒を注いでくれたりしながら、左手で着物の裾《すそ》を割り広げ、勃起しっ放しのペニスをつかむ。

「明穂さんも、うちの主人をかまってやってね」

初音夫人に促された明穂は、ためらう様子も見せずに仁科に対して同じ行為に及ぶ。そのとき、仁科が本来の席次を無視して座らせた理由を理解した。初音夫人と明穂が利き手で飲食を楽しみながら、反対の手で仁科と俺に手コキを施せるように座らせたのだ。

勃起ペニスを握る初音夫人の手の指はしなやかで、手のひらはマシュマロのように柔らかい。初音夫人は談笑しながら右手で料理を食べて酒を飲み、酌もしてくれる。その間も、左手では勃起ペニスの先端からにじみ出る先走り汁を全体に満遍なく塗り込めながら、勃起ペニスを順手から逆手に、逆手から順手にと握り換え、根元から亀頭の先端までゆっくりとしごき上げ、しごき下ろす。ときに、その手は両の睾丸《こうがん》を揉み込む動きも見せる。

「晃司さん、この後のお楽しみのために、精子をたっぷりと作って、タマタマに溜めておきましょ。それにしても、見込んだ通り、立派なオチ×チンだわ。明穂さんは幸せね」

初音夫人は俺にそうささやくと、またみんなとの食事と会話に戻った。勃起ペニスや睾丸をまさぐる左手だけがまるで別の生き物のようにせわしなく動き、それに合わせてたわわな乳房がかすかに揺れる。

「あら、仁科さんのオチ×チンだって、傘が開いたマツタケのようにエラが張っていて、恐ろしいぐらいですわ」

明穂も左手で仁科のペニスをあやしながら、仁科夫妻に話しかける。

初音夫人の左手はせわしなく動いてはいるものの、握り方はあくまでもソフトなため、この場で射精に追い込まれることはない。しかし、かつてはその姿を写真や映像で眺めながら自分の手でしごいていたペニスを、美しい人妻となった憧れの女優が全裸で隣に座り、しなやかな手でしごいてくれているのだ。その快感は、自分でしごくのとはもちろん、妻の明穂の手でしごかれるのとも比べものにならないほど強烈だ。仁科晴彦も明穂の手コキに満足しているようだ。

俺は、甘い腋臭ときつい淫臭を発する全裸の初音夫人を抱き寄せて、すぐにも口づけし、全身の肌を撫《な》で回したかった。だが、俺が勝手な動きをするよりも、スワッピングに慣れている仁科夫婦に任せた方が、思いも寄らない快楽を得ることができそうだ。俺は、勃起ペニスの海綿体に一二〇%の血液を流入させながらも、初音夫人を抱き寄せたい衝動をグッと我慢した。

「さて、軽く腹ごしらえもできたところで、みんなで風呂に入ろう」

仁科の宣言を合図に、初音夫人は畳の上に放り投げられていた着物を肩にさっと羽織り、俺の腕を取って廊下を風呂場の方に歩いていく。俺は、着物の前身頃の隙間《すきま》からほぼ水平に突き出た勃起ペニスを揺らしながら歩いていく。

「うふっ！　晃司さんのオチ×チンって、本当に元気ね。ここのお風呂は結構広くて、いろいろと楽しめるのよ。たっぷりとサービスさせていただきますわ」

たわわな乳房を俺の腕に押しつけながら、切れ長の目を悪戯っぽく輝かせてささやく。手を触れられてもいないのに、勃起ペニスがいななくように反り返り、新たな先走り汁を垂らす。

振り向くと、やはり着物を肩に羽織っただけの明穂が仁科に肩を抱かれて後に続いている。仁科が耳元で何やらささやき、明穂は可憐《かれん》な少女のように身をよじって恥ずかしがる。俺は自分のことは棚に上げて、ほかの男の前で可愛《かわい》らしい素振りを見せる明穂に嫉妬《しっと》した。

先ほどの脱衣場で四人とも素っ裸になり、俺は初音夫人に、明穂は仁科に手を引かれ、その奥にある浴室に入った。

浴室は床も壁も天井も、湯船もすべて同じ種類の木材でできている。これを総檜造《そうひのきづく》りというのだろうか。湯は掛け流しで、床の上をゆっくりと流れて排水口に消える。春とはいえ夜はまだ冷え込むこの時期、掛け流しの湯のおかげで、浴室全体がちょうどいい温度と湿度に保たれている。

初音夫人はあらかじめ敷いてあった厚手のヨガマットレスの上に俺を立たせて足元に正座し、手桶《ておけ》で汲《く》んだ湯を勃起ペニスに二度、三度とかける。そして、真っ赤な口紅を塗った唇を亀頭に被せた次の瞬間、ズズズズズッという音とともに勃起ペニスを根元まで呑み込んだ。カチカチに勃起したペニスが、八頭身の小さな頭を突き抜けたのではないかと思ったほどの勢いだった。

「おおおおっ！　あ、初音さん、いきなり……す、すごいっ！　憧れの錦織初音にフェラチオを、それもディープスロートしてもらえるなんてっ！」

美しい顔を陰毛が密生する俺の下腹に密着させた初音夫人は、パンパンに膨らんだ亀頭を喉奥に滑り込ませているのだ。喉粘膜はよく躾《しつ》けられ、身に余る大きさの侵入物をもてなそうと、さらに奥へと案内するように蠕動《ぜんどう》する。

「初音さんの喉、なんて気持ちいいんだっ！　こんなに奥深くまで……初めてですっ！」

初音夫人の喉は、完全なる生殖器官として調教済みのようだ。このまま続けられたら、三分と持たずに射精へと追い込まれるだろう。ものすごい快感ではあるが、せっかく食事中に初音夫人が手コキで作り溜めてくれた精子を、わずか三分で吐き出してはもったいない。

気を紛らわせるため、明穂と仁科晴彦のカップルに目をやると、二人は湯船に浸《つ》かっていた。仁科は、頭を湯船の縁に預けた明穂の腰を下から持ち上げ、明穂の股間に顔を伏せている。ソープランドの潜望鏡プレーとは逆に、男が女の腰を水面に浮かせてクンニしているのだ。

「あああんっ！　仁科さん、とっても気持ちいいです」

明穂の嬌声《きょうせい》は俺の嫉妬心を煽《あお》るが、自分も初音夫人のフェラチオで似たような声を上げたばかりだから、文句は言えない。

このスワッピングを持ちかけた先輩でもある仁科夫妻が、まずはホスト、ホステス役を務めるということらしい。やはり、取りあえずは仁科夫妻のリードに任せるのがよさそうだ。

気を紛らわせようとしたのが失敗で、明穂への嫉妬で初音夫人のフェラチオによる快感が跳ね上がり、喉奥への射精の秒読みが始まりそうだ。初音夫人は勃起ペニスのヒクつきからそれを察したらしく、勃起ペニスを喉奥から吐き出してソフトな手コキに替え、例の悪戯っぽい目つきで俺を見上げる。

「今度は床に横になってね。マッサージして差し上げるわ」

ヨガマットレスの上に横になると、初音夫人は俺の太ももの上に尻山を下ろした。手のひらがマシュマロなら、尻山は搗《つ》きたての餅《もち》のような弾力と温かみがあり、その重みすら心地よい。

初音夫人はいつの間にか手にしていた小瓶から、淡い緑色の液体を自分の胸に垂らし、それを上半身の前面に塗りたくる。

「オリーブオイルよ。一〇〇%天然だから、これって、使い道がいろいろとあって、重宝するのよ。マッサージを始めるわね」

初音夫人は小首をかしげて微笑《ほほえ》みかける。女優時代に日本中の男を魅了し、勃起させた微笑みだ。

「は、はいっ！　お、お願いしますっ！」

思わず声が裏返ってしまった。俺と初音夫人は同い年なのに、なぜか夫人の方が年上に思えてきた。初音夫人は改めて慈母のような微笑みを見せ、上体を倒して胸と胸を合わせてきた。俺の胸の上でたわわな乳房が潰《つぶ》れ、硬くシコった乳首が俺の乳首をくすぐる。

「どう？　重くはないかしら？」

「初音さんの身体、ちっとも重くはありません。柔らかくて、温かくて……気持ちいいです」

初音夫人はゆっくりと楕円《だえん》を描くように身体を動かし始めた。マッサージというよりも、ソープランドのマットプレーそのままだ。あの錦織初音がソープ嬢のようにサービスしてくれているのだ。こんなことが起きるなんて、奇跡以外の何物でもない。

その動きで真っ先に感じたのが、太ももから陰嚢《いんのう》、勃起ペニスの裏側、亀頭の裏筋までをサワサワと刺激する初音夫人の陰毛だった。仁科が言った通り、高級な毛皮で摩擦されているような心地よさだ。

「うふっ、晃司さんのお毛毛が……私のクリトリスをジョリジョリして……とっても気持ちいいわ」

「あ、あの錦織初音に……こんなことをしてもらってるなんて、まだ信じられない。ゆ、夢のようです」

「晃司さん、私のオマ×コ、舐めてみる？」

「い、いいんですか？　ぜ、ぜひ舐めさ……！」

まだ話し終わらないうちに、初音夫人は身体を一気に俺の頭の上まで滑らせると、上体を起こして尻山を俺の顔に載せる。まるでダンスでもしているかのようなしなやかな動作で顔面騎乗してきたのだ。

垣間見えた陰裂は色素沈着が進み、小陰唇は大きくほころび出ていた。次の瞬間、オリーブオイルにまみれた陰毛が俺の顔を覆い、パックリと割れた大陰唇からはみ出した小陰唇に口と鼻を塞《ふさ》がれてしまった。

「うぐっ！」

俺は声にならない悲鳴を初音夫人の膣穴に放った。そして、呼吸をしようとすると、口には生臭い味の蜜液が大量に流入し、鼻腔はむせ返るようなきつい牝臭で満たされる。おまけに、漆黒の陰毛で俺の顔をブラッシングするように、腰を前後左右に振り、クルクルとグラインドさせる。

「ああんっ！　久しぶりよ、こんなに思いっきり顔騎させてもらうの。あ、ありがとう、晃司さん」

男の魂を蕩《とろ》けさせるような声とは裏腹に、宝塚時代にダンスで鍛えた腰遣いで陰毛と生殖器官を、容赦なくこすりつけてくる。さっき俺が「初音さんの身体、ちっとも重くありません」と答えたことで免罪符を得たと言わんばかりの容赦のなさ、傍若無人ぶりだ。

こ、これが……あの上品さと優雅さを絵に描いたような錦織初音の腰遣いとはっ！　こんなに幸せなら……もう死んでもいいいっ！

「イクッ！　晃司さんに顔騎して……イクッ！　イクッ！」

窒息死寸前に追い込まれ、薄れゆく意識の中で死を覚悟したとき、初音夫人は絶叫を放ちながら、ひと際強く生殖器官を俺の顔に押しつけ、口の中にイキ潮をしぶかせた。

「ゴホ、ゴホ、ゴホッ！」

窒息死の次は溺死《できし》の危機だ。しかし、初音夫人が添い寝して俺を抱きしめ、背中を優しく撫でてくれると、咳《せ》き込みは魔法のように治まった。

「晃司さん、ごめんなさいね、ひどいことして。でも、こんなに気持ちよく顔騎でイッたの、久しぶりよ」

「本当ですか？　だったら、俺、うれしいです」

我ながら単純だと思いつつも、オナペットだった憧れの女優を、当時とは逆にイカせたと思うと、心の底から達成感が湧《わ》いてきた。

「今度はアチラさんに負けないように、二人で一緒にイキましょ」

初音夫人の視線の先を見ると、湯船に浸かった仁科の腰に、明穂が向かい合わせに跨がっていた。仁科の首に腕を回して背中をのけ反らせ、嚙《か》み締めるような喘《あえ》ぎ声を漏らしている。

自分勝手だと分かっていながら、またもや明穂への嫉妬が湧き上がる。

「うふっ、明穂さん、気持ちよさそうにしてるわね。妬《や》けちゃう？」

初音夫人は、俺の耳に甘い息を吐きかけながらささやき、背中を撫でていた手を俺の股間に置いた。顔騎されている最中にいつの間にか萎《な》えていたペニスを細くしなやかな指で握り、亀頭のエラをくすぐる。すると、ペニスの海綿体に血液がドクドクと音を立てて流入し、たちまち完全勃起した。

「まあっ、晃司さんたら、余程明穂さんのことが気になるのね。そんな晃司さんを見ると、私の方こそ明穂さんに嫉妬しちゃうわ」

「そ、そんなこと、ち、違いますっ！　初音さんの手があまりにも気持ちいいものだから……」

「本当かしら？　でも、いいわ。手コキもフェラチオも味わってもらったから、今度は私のオマ×コで思いっきりイッてもらいますからね」

初音夫人は改めて俺の腰に跨がると、左手で勃起ペニスを垂直に立て、パンパンに膨れ上がった亀頭を大きくほころび出た小陰唇にしゃぶらせる。

「ああっ、初音さんのビラビラも……き、気持ちいいです」

「ビラビラだなんて、下品ね。でも、気持ちいいって言ってくれたから許してあげるわ」

初音夫人は亀頭を膣口に擬《ぎ》し、まるで乗馬をしているように背筋を伸ばして姿勢を正した。下から見上げると、くびれたウエストの上にあるたわわな乳房が、収穫を待つ熟れた真桑瓜《まくわうり》のように実っている。

思わず両手を伸ばして乳房をつかみ、硬く屹立《きつりつ》した大ぶりの乳首を人差し指で弾《はじ》く。初音夫人の腰がブルッと震えた。

「はうっ！　こ、晃司さん、気持ちいいわっ！　続けて」

初音夫人は俺の手で両の乳房を揉まれ、乳首を嬲《なぶ》られながら、ゆっくりと腰を落としてくる。まず、大栗のような亀頭が締めつけの厳しい膣口をこじ開け、膣穴に侵入した。

「おおおっ！　すごいっ、この締めつけっ！」

「まだよ。もっと気持ちよくしてあげるわ」

余程自分の生殖器官に自信があるのだろう。艶然《えんぜん》と微笑んだ初音夫人は、スラリとした太ももの力を徐々に緩め、一センチ刻みで腰を下ろす。亀頭が膣洞を押し広げながら進んでいく際の抵抗感、摩擦感がはっきりと伝わってくる。

「初音さんのオマ×コ、キツキツな上に、ツブツブがいっぱいあって……なんて気持ちいいんだ」

「そうよ。カズノコ天井っていうのよ。覚えておいてね」

「カ、カズノコ天井……聞いたことがあるけど、じ、自分がそれを体験できるなんて……しかも、あの錦織初音のオマ×コで……」

オマ×コなんて下品と注意されるかと思ったが、されなかった。そのとき、初音夫人の尻山が俺の下腹に密着し、亀頭の先端がコリコリしたものに触れたからだ。今度は、初音夫人が声を上げる番だった。

「あああんっ！　晃司さんのオチ×チン、子宮口に当たってるわ。こ、こんなに奥まで入れられたの……は、初めてよっ！」

俺だって自分のペニスが子宮口に届いたのは初めてだ。

「はううんっ！　晃司さんのオチ×チン、すごく……たくましくて素敵よっ！」

初音夫人が俺とつながったまま、腰をゆっくりとグラインドさせると、子宮口が亀頭をグリッ、グリッとこねてくる。

「あ、初音さんの子宮口にフェラチオされてるみたいだ」

あの錦織初音の子宮口に亀頭をこね回され、狭隘《きょうあい》なカズノコ天井の膣洞に肉茎を締めつけられているのだ。この世にこれ以上の快感はないと思った。

「こ、晃司さん、初音……もう我慢できないわっ！」

初音夫人のゆっくりとした腰のグラインドが止まったかと思ったら、今度は腰をしゃくるように前後に動かし、そのスピードは、一気に最高速度まで跳ね上がる。CM撮影のときのベリーダンスを思い出した。

まるで全力疾走する競走馬を御する熟達の騎手のように、初音夫人の腰から下は激しくしゃくり上げているが、ウエストから上は微動だにしない。まさに騎乗位の名手ともいうべきテクニックで、これほどの快感に長く耐えられる男は滅多にいないだろう。

「うおおおっ！　あ、初音さん、は、激しすぎる。たまりませんっ！」

「わ、私もたまらないわっ！　晃司さんのオチ×チンで、私のオマ×コがかき混ぜられてる」

初音夫人はリミッターが切れたターボエンジンのように、一段と激しく、速く腰を前後にスライドさせ、グラインドさせる。

「だ、駄目だっ！　初音さん、もう……俺、イキますっ！」

「初音も……イキますっ！　イクッ！　イクッ！　イクゥゥゥ！」

初音夫人はいきなり上体を倒し、俺に抱きついて口づけをしてきた。その反動で腰が持ち上がり、膣穴から勃起ペニスが抜け出てしまった。

「ウグゥゥゥゥゥッ！」

初音さんが俺の口の中にくぐもった絶叫を吐き出すと同時に、膣穴からイキ潮を噴射する。俺も初音夫人のイキ潮噴射に負けじと、精液の奔流を初音さんの漆黒の剛毛に向かって思い切りしぶかせる。

長いイキ潮噴射と射精が続いた後、イキ潮の最後の一滴を噴き終えた初音夫人は、俺に抱きついたまま、激しかった絶頂の余韻に浸り、白い裸身を生殺しの蛇のように悶えさせる。

なんという快感！　なんという幸福感だ！　明穂には悪いが、セックスの後でこれほどの充実感を味わったことはなかった。そのとき、湯船の中から明穂の

「イクッ！」という絶叫が聞こえてきたが、嫉妬は覚えなかった。

風呂場での組み合わせのまま廊下を歩いて戻ると、仁科晴彦は先ほどの座敷の隣の間の障子を開けた。そこには、分厚いマットレスの上に高級そうな布団が二組敷いてあり、それぞれの枕元《まくらもと》に水差しとグラスのセットとティッシュペーパーが置いてある。

仁科晴彦は明穂の着物と羽織を脱がせ、緋色《ひいろ》のシーツを被せた敷き布団の上に正座させた。自らは全裸になり、明穂の前に仁王立ちする。風呂場での第一ラウンドでは、仁科夫妻がまずはクンニリングスとフェラチオで、俺たち夫婦をもてなしてくれた。第二ラウンドでは、その逆を要求しているのだ。

明穂はダラリと垂れた仁科のペニスを握り、ためらうことなく亀頭を口に含むと、飴玉《あめだま》をしゃぶるように舌を動かす。

「おおっ！　明穂さんの舌が……わ、私のチ×ポの裏筋をチロチロと舐めて……とっても気持ちいいですよ」

テレビや映画で主役を張る憧れの俳優の仁科にほめられた明穂は、気をよくして、半勃ちしてきたペニスを一気に呑み込んだ。

「ああんっ！　晃司さんたら、ひどいわっ！　私がオマ×コを広げて待っているのに、奥さんの方をずっと見てるなんて……」

初音夫人の声に足元を見ると、緋色のシーツの上に全裸の初音夫人が腰を下ろして後ろ手をつき、両脚をＭ字に大きく開いていた。

恥丘から大陰唇、会陰を通って肛門の周辺までをビッシリと覆う漆黒の毛皮のような剛毛が、目に飛び込んできた。Ｍ字開脚によって色素沈着の進んだ大陰唇がパックリと割れ、充血した小陰唇が開いて内側の薄紅色の粘膜を見せている。一対の粘膜に左右対称の緻密《ちみつ》なヒダヒダが刻まれ、まるで漆黒の密林に咲いたピンクの薔薇《ばら》の花のような美しさだ。

初音夫人は俺の視線を意識しながら、自らの左手の指で陰核包皮を割り広げ、右手の指でクリトリスや膣前庭、膣口を嬲る。膣前庭や膣口は鮮やかな朱色をしていて、黒い棘《とげ》に覆われた殻を割ったウニのようだ。

かつては俺が写真を眺めながら自慰をしていたオナペット女優が、今は俺の目の前でオナニーをしているのだ。

「なんてきれいなオマ×コなんだっ！　あ、あの錦織初音の…な、生オナニーが見られるなんてっ！　感激ですっ！」

風呂場ではいきなり顔面騎乗されたため、初音夫人の生殖器官を見ることができなかった。初音夫人自身の指で嬲られる生殖器官をじっくりと鑑賞していたかったが、蜜液をしたたらせ、ぬめりにぬめったその中心に顔を埋《うず》めたいという欲求には勝てなかった。

「あああっ！　あああっ！　初音さんっ！」

俺は初音夫人のM字開脚の前にひざまずき、両の太ももを一直線になるまで押し広げると、矢も楯《たて》もたまらず満開に咲いた小陰唇を口に含み、内側の粘膜に刻まれたヒダヒダの一つ一つを掘り起こすように舌先で舐めながら、クチュクチュと音を立てて吸引する。味は新鮮なホヤに似ており、食感はさらし鯨《くじら》か鳥皮のようだ。

「はうっ！　晃司さん、い、今、何をしてるの？」

「何をって……初音さんの小陰唇を吸いながら、ビラビラの内側を舐めているんですよ」

「また、ビラビラだなんて……」

「小陰唇の内側を舐められるの、初めてですか？」

「そ、そうよ。でも……気持ちいいわ」

この絶世の美女が持つ左右対称の緻密なヒダヒダ模様、その絶妙な舌触りを知っているのは俺だけだ。そう思うと、なんとも言えない誇らしさを感じられた。

膣穴から粘り気の強い蜜液があふれ、湧き上がってくる淫臭がきつくなった。

「そ、それも気持ちいいけど、も、もうちょっと上の方を……」

「小陰唇の上の方って、膣前庭ですか？」

分かっていて、わざと間違えてみた。

「意地悪ねっ！　分かってるくせに……ク、クリトリスよっ！」

その昔お世話になった清純派オナペット女優に頼まれれば、断ることはできない。小陰唇のビラビラも、長くしゃぶっているうちに味が薄れてきた。

俺は何も言わずに一帯を覆う漆黒の剛毛をかき分け、陰核包皮の亀裂にスッポリと唇を被せた。

「ああんっ！　そこよ。その割れ目の奥のつぼみよ」

「そのつぼみをどうしてほしいんですか？」

「どうしても、私に言わせたいのね？　そのつぼみを……ク、クリトリスを、吸ったり、舐めたりしてほしいのっ！」

俺はまた無言で陰核包皮の亀裂に唇を被せ、舌先を割り込ませてクリトリスを探ろうとした。しかし、探るまでもなかった。それは硬く勃起し、自ら包皮の隙間から頭を覗かせてきたのだ。俺は陰核包皮から唇を外し、その見事なクリトリスをしげしげと眺めずにはいられなかった。

干しプルーンのような乳首、動物の毛皮のような陰毛、色素沈着の進んだ陰裂に、大ぶりのクリトリス……初音夫人の水着や下着で隠された部分は、女としての性欲の強さ、淫乱ぶりを物語っているようだ。有名人夫婦がスキャンダル発覚のリスクを冒してまでスワッピングに励むのは、もしかしたら、初音夫人の希望か、そうでなければ仁科晴彦が初音夫人の旺盛《おうせい》な性欲に手を焼いて始めたことかもしれないと思った。

陰核包皮を根元まで剝き下ろすと、鮮やかな薄紅色のクリトリスの全貌《ぜんぼう》が姿を現した。

「初音さんのクリトリス、結構でかいですね。小さなタケノコのように硬くシコっていて、おいしそうです」

わざと明け透けに言うと、初音夫人はブルッと腰を震わせた。

「そんなにいじめないで。は、早くお願いよ」

俺は改めてクリトリスに口づけすると、強く吸引しながら、舌先をプロペラのように回転させ、先端から根元へ、根元から先端へと、舐め下ろし舐め上げる。

「おおおおおっ！　晃司さん、それ、効くわっ！　根元から引き抜かれそうな痛さと、粘膜を舐められる気持ちよさが混じり合って、はうううんっ、ものすごい快感だわっ！」

これだけ饒舌《じょうぜつ》に解説できるのは、まだ悩乱するにはほど遠いということだ。奥の手を繰り出すことにした。

「じゃあ、初音さん、もっと気持ちよくしてあげますね」

俺は自分の顔を一層強く初音夫人の下腹に押しつけ、歯列を使ってクリトリスの根元の根元まで剝き出した。タケノコの根元を鍬《くわ》で掘り起こす要領で、クリトリスの根元を甘嚙みする。

「おおっ！　何をしたの？　今、クリトリスにビリッと電流が走ったわ。ちょっと痛かったけど、気持ちよかった」

「クリトリスの根元を嚙んだんですよ。これはどうですか？」

今度は甘嚙みしたまま、歯列をクリトリスの先端に向かって滑らせる。歯列の先端でクリトリスの表面の薄皮をこそげ取るように、ゆっくりと引き上げるのだ。

もちろん、クリトリスの繊細な粘膜を傷つけないように、細心の注意を払ってソフトに行う。俺の秘密兵器であり、必殺技だ。

「はおんっ！　ク、クリトリスが感電したみたいに、ビリビリしてるっ！」

根元の甘噛みと薄皮のこそげ取りを繰り返し、クリトリスを集中的に責める。

「あ、熱いっ！　クリトリスが燃えるように熱いわっ！　こんなの……は、初めてよっ！　もう駄目だわっ！　イクッ！　イクッ！」

初音夫人は後ろ手を解いてシーツを握り締めると、驚異的な全身の筋力を発揮し、素早い動作で腰を高々と持ち上げる。これも、歌劇団時代に鍛えた賜物だろう。後頭部と両足の爪先の三点を支点として、全身が見事なアーチを描いた次の瞬間だった。

初音夫人のイキ潮が俺の顔を直撃し、布団にも飛び散った。夫人にはそんなことを気にかける余裕はなく、下腹の奥からこみ上げてくる快感に腰を何度も突き上げ、イキ潮を噴き続ける。

俺も布団もびしょ濡れになって、ようやくイキ潮噴射は止まった。夫人は高々と掲げていた腰をストンと落とし、大股《おおまた》開きしたままこの日二度目のイキ潮絶頂の余韻に浸っている。後頭部でシニョンにまとめていた黒髪がいつの間にかほどけ、緋色のシーツの上に散り敷いている。緋色のシーツに横たわる白い裸身、扇状に広がる黒髪の色彩が、高級な錦鯉《にしきごい》のような美しさを醸し出す。

隣の布団では、仁科晴彦が明穂を四《よ》つん這《ば》いにして、後ろから勢いよく腰を突き入れている。明穂は両手でシーツを握り締め、歯を食いしばって激しい快感に耐えている。傘が大きく開いたマツタケのようなペニスで、膣粘膜のヒダヒダを責められているに違いない。

俺一人だけ取り残されたような気分になり、電気ショックで悶絶《もんぜつ》した蛙《かえる》のように大股開きで伸びている初音夫人の身体を裏返し、くびれたウエストから流麗な曲線を描く柳腰をつかんで引き上げる。半ば意識を飛ばしている初音夫人は、上体を力なく布団に預けたままのため、小振りながらツンと上を向いた尻山が、まるで絶叫ジェットコースターのような急角度で目の前に突き出されている。水着写真集で、真っ赤なビキニに覆われた尻を眺めながら、一体何度オナニーをしただろう。その尻が今は、覆い隠す布切れ一枚なく、尻山の狭間《はざま》の褐色の谷間まで、俺の目に晒されているのだ。

そこには、褐色の谷間よりもさらに色濃く、蜜液とイキ潮でぬめって黒光りする肛門の窄まりがあった。ブラックホールという言葉を思い出した。

「し、信じられないっ！　これがあの錦織初音の……アナルなのかっ！　黒々としていて、毒々しくて……吸い込まれそうになるぐらい魅力的だ」

だが、よく見ると、窄まりのシワはかなり乱れが激しい。かなり使い込まれ、荒れているように見受けられる。もしかして、初音夫人はアナルセックス愛好者なのか？　だとしたら、スワッピングといい、アナルセックスといい、この夫婦のセックスはどこまで淫《みだ》らなのか。

俺はブラックホールに吸い寄せられる小惑星のように、初音夫人の肛門に顔を寄せ、窄まりに吸いついた。思い切り吸引し、乱れたシワの一本一本を癒《い》やすように舌先で掘り起こす。

「はうっ！　こ、晃司さん、今日は……そこじゃないのよ。晃司さんの、オ、オチ×チン、早くオマ×コにちょうだい」

蜜液とイキ潮だけではない複雑な味と匂いもう少し堪能していたかったが、憧れの清純派オナペット女優に「早くしてっ！」と尻を振りながら頼まれれば仕方ない。初音夫人の両脚を大きく割り開き、その間に膝立ちする。

眼下には、熟れた桃のような形のよい尻山、その間の褐色の谷間に咲く黒菊、フサフサの漆黒の陰毛に覆われた大陰唇、その割れ目からほころび出た薄紅色の小陰唇が見えている。

「初音さん、いきますよ」

左手で初音夫人の腰をつかみ、右手で勃起ペニスを握り、亀頭を小陰唇にしゃぶらせる。それに連動するかのように、肛門の窄まりがヒクついた。

「ああんっ！　晃司さんの先っぽ、大きな栗のように膨らんでいて……とっても素敵よ。な、中に入ってきて」

両手で初音夫人のウエストのくびれをつかみ、尻山を引き寄せる。小陰唇に包まれていた亀頭が、膣口にズルリと潜り込んだ。

「はうっ！　そのまま、お、奥まで……きてっ！」

狭隘な膣洞を亀頭で押し広げながら進んでいくと、無数のツブツブが貼りついた粘膜が肉茎をグイグイと締めつけてくる。今度は俺の下腹が初音夫人の尻山に密着する直前に、亀頭の先端が子宮口に触れた。二度目の来訪となる客を迎えるために、わざわざ下りてきて待ち構えていたようだ。

子宮口と亀頭の出会いを確認した初音夫人が、腰をゆっくりとグラインドさせる。子宮口に亀頭をしゃぶらせ、同時に亀頭に子宮口を嬲らせるのだ。

「おおっ！　あ、初音さん、いきなり、す、すごい快感だっ！」

「あああんっ！　わ、私もよ。子宮口が熱いわっ！」

風呂場でもそうだったが、亀頭は子宮口にフェラチオされているようで、肉茎はカズノコ天井の狭隘な膣洞に絞め上げられる。しかも、グラインドのスピードが徐々に上がってきた。

このままでは腰をひと突きもしないうちに、射精に追い込まれそうだ。俺が密着した下腹と尻山を引き剝がしにかかると、子宮口は逃すまいと亀頭に吸いついてくる。亀頭のエラで膣洞粘膜のツブツブをこそげ取るようにして、エラが膣口の括約筋に引っかかるところまでゆっくりと引き抜く。またゆっくりと押し入れると、亀頭はツブツブを押し潰しながら狭隘な膣洞を進んでいく。

肉茎の全長を使ったストロークのスピードを徐々に上げていくと、初音夫人の腰のグラインドが一気に激しくなった。おまけに、勃起ペニスのストロークの直線運動と、初音夫人の腰のグラインドの回転運動が合わさり、初音夫人の膣穴は凶暴な牙《きば》を剝いて勃起ペニスに襲いかかってきた。

「おおおっ！　初音さんのオマ×コにチ×ポをもぎ取られそうだっ！」

「私のオマ×コだって、こ、晃司さんのオチ×チンにかき回されて……し、子宮ごと引きずり出されそうよっ！」

あまりの快感に悲鳴を上げると、初音夫人も横顔を緋色のシーツに預けたまま息も絶え絶えに訴える。騎乗位とは体勢が逆だが、上半身は静止しているのに、腰だけがロデオの荒れ馬のような激しさで暴れている。

俺はもはや、勃起ペニスを膣穴に突き入れたまま、弾き飛ばされないように初音大人の腰にしがみついているのが精一杯だ。

だが、それが逆効果となった。膣穴の最奥部に達した亀頭は子宮口にフェラチオされ、肉茎は粒立ちの見事な膣粘膜に一部の隙もなく絡みつかれ、グイグイと絞り上げられる。勃起ペニスはまるで大荒れの海に翻弄《ほんろう》される小舟のようだ。

「あ、初音さん、俺……もう駄目ですっ！　イキそうですっ！」

「わ、私も……イクッ！　イクッ！　イクゥウウウウッ！」

俺の下腹の奥で快感が爆発し、熱い奔流が尿道を駆け上がってくる。

「駄目だっ！　出るっ！　初音さんのオマ×コに出るっ！」

射精の第一弾を初音夫人の子宮口にしぶかせた瞬間、またもや初音夫人は驚くべき背筋力を発揮して、緋色のシーツに預けた上体を一気に持ち上げた。まるで後ろ足で立ち上がっていななく悍馬《かんば》のように、膝立ちして全身を激しく震わせながら天井に向かって絶叫を発する。

勃起ペニスが膣穴から抜け出て、俺は精液の第二弾から後は初音夫人の尻山にしぶかせ、初音夫人はシーツにこの日三度目のイキ潮を噴きかける。緋色のシーツに、新たな染みがドス黒く広がっていった。

　そのとき隣の布団では、四つん這いになった明穂が絶頂の叫び声を上げ、その尻山に仁科が下腹を打ちつけて天を仰ぐと、二人ともそのまま緋色のシーツに倒れ込んだ。

　二組ともほとんど同じタイミングで絶頂を迎えることができたのだ。しばらく布団の上で息を整えた後、仁科晴彦の提案でまた風呂に入った。今度は、本来のカップルに戻り、向かい合わせに湯船に浸かる。

　三度のイキ潮噴射で身体中の水分という水分を噴き出し、毒素という毒素をデトックスした初音夫人は、少しやつれた印象はあるものの、解脱したような穏やかな表情をして夫の肩にもたれかかる。この淑《しと》やかそうな美熟女が、あれだけ激しい腰遣いを見せたのだ。夫の仁科晴彦は五十歳という年齢で立て続けに二度も射精したにもかかわらず疲れた様子も見せず、上機嫌だった。

「私たちはどうやら、相性がいいようですな。よかったら、また今度、ご夫婦でお相手していただけるとありがたい」

「私たちでよろしければ、ぜひ、また声をかけてください」

そのとき俺の脳裏には、初音夫人の黒光りする肛門の窄まりが浮かんでいた。あのシワの乱れ具合からして、初音夫人にはアナルセックスの経験があると睨んでいる。もしかしたら、次は初音夫人のアナルを味わえるかもしれない。

もうしばらくゆっくりするという仁科夫妻を風呂場に残して座敷に戻ると、俺と明穂が来るときに着ていた衣類がハンガーにかけられ、隅の衣桁《いこう》に吊るしてあった。きれいにアイロンがけまでされている。

大女将がほどなくハイヤーが到着したと呼びに来た。旅館の玄関に出ると、先日パロンで会ったマネージャーが待っていた。

「このことは決して他言なさらないように。もしマスコミに漏らしたら、億単位の損害賠償を請求することになります」

マネージャーが俺の耳元でささやいたが、言われるまでもない。俺が初音夫人の肛門の窄まりに吸いついたとき、夫人は「今日はそこじゃない」と言った。損害賠償はもちろん困るが、初音夫人とアナルセックスできるかもしれないチャンスをふいにするほど愚かではない。

その晩、ベッドの中で明穂に尋ねると、仁科晴彦はしきりと明穂の肛門の窄まりを指でいじってきたという。やはり、あの二人がアナルセックスをしているのは間違いなさそうだ。

「明穂、アナルセックスの経験あるのか？」

「馬鹿ね。そんなの、あるわけないじゃない。でも、次に会ったとき、仁科晴彦に求められたら、許しちゃうかもね。あなただって、憧れのアイドルに求められたら、お尻の穴だってどこだって入れちゃうでしょ？」

初音夫人の黒光りするアナルを思い出し、ペニスに血液が流入し始める。

「それはそうだけど、明穂のアナル処女をあいつに奪われるのは嫌だ。今からどうだ、アナルセックス？」

「いいわよ。私もお尻の穴がムズムズして仕方なかったの」

というわけで、結婚十年以上たって、初めて明穂とアナルセックスをし、アナル童貞とアナル処女を捨てた。それ以来、三日に一回は夫婦でアナルセックスをするようになり、明穂の肛門はすぐに第二の性器の座を獲得した。これで、仁科夫妻からいつ呼び出しがかかっても大丈夫だ。

第二章〈明穂〉

地主夫婦の夫は超絶舌技&極太ペニスで、奥様はレズ

私たちが出演したフィットネスクラブのテレビCMは、ゴールデンウィーク前から放送が始まった。すると、私は一躍、珍萬寺駅前商店街の人気者になった。今も続けているフィットネス通いでスタイルに自信を持った私は、Dカップの乳房を強調するブラウスやTシャツ、太ももの付け根近くまで露わなタイトスカートを身に着けるようになった。初夏の風が、生脚の太ももやハイレグパンティーを食い込ませた陰裂を心地よく嬲っていく。

最近では、私が商店街を歩くと、店の主人たちが競うように声をかけてきて、奥さんの目を盗んで値段を負けてくれる。おかげで、肉でも魚でも野菜でも、随分と安く手に入るようになった。そんなときは、わざとおカネを落として前屈みになって自慢のお尻を突き出したり、商品を選ぶふりをして胸の谷間を覗かせてやったりと、お礼も忘れない。

そんなある日の昼下がり、フィットネスの帰りだった。

「ねえ、明穂さん、ＣＭ見たわよ」

白いピチピチのＴシャツにデニムのミニスカート姿で買い物をして帰ろうとしたとき、後ろから声をかけられた。振り向くと、フィットネスクラブで知り合った望月瑠璃子《もちづきるりこ》さんだった。彼女は珍萬寺駅周辺に何棟かのビルやマンションを持つ望月剛造《ごうぞう》という大地主の後妻で、この辺りではその妖艶《ようえん》な美しさを知らない人がいないほど有名な美魔女だ。

フィットネスクラブのサウナで一緒になったときに瑠璃子さんから聞いた話では、以前は銀座《ぎんざ》の高級クラブのホステスをしていて、五年前、瑠璃子さんが四十歳のときに最初の妻を病気で亡くしたばかりの剛造さんと店で知り合い、強引に口説かれて結婚したそうだ。瑠璃子は銀座時代の源氏名だけど、結婚して家庭に入った後もご主人がそう呼ぶので、周囲からもそう呼ばれている。

私の格好も目立つけど、瑠璃子さんは私以上だ。パックリと胸元が開いたパッションオレンジのブラウスに、右サイドに入ったスリットから生脚が剝き出しの黒いタイトスカートという出で立ちだ。

私の生脚は淡い小麦色に日焼けしているが、鼠径部《そけいぶ》近くまで深く切れ込んだスリットを割ってニョキッと飛び出した美熟女の生脚は、真っ白いだけに余計に艶めかしい。銀座のクラブにそのまま出てもおかしくない派手なファッションは、さすがに真っ昼間の駅前商店街ではかなり浮いている。

「あら、瑠璃子さん。お久しぶりです」

「ちょっとお願いがあるの。バロンでちょっと話せないかしら?」

バロンは仁科晴彦のマネージャーからスワッピングの話を持ちかけられた喫茶店だ。まさか、またスワッピングの申し込みでは……。

「話をするのはいいけど、魚や肉を買っちゃたのよ」

私は買った物がいっぱい詰まったマイバッグを見せたが、瑠璃子さんは意に介さない。

「話してる間、バロンのお店の冷蔵庫に入れておいてもらえばいいのよ」

「ええっ? そんなこと、頼めるの?」

「もちろんよ。バロンが入っているビルは、うちの主人の持ち物だもの」

そんなわけで、半ば強引にバロンに連れ込まれた。

昼下がりの昭和レトロな喫茶店には、地元の暇な老人三人組と、四十がらみの背広姿の男が一人いた。私と瑠璃子さんが中央のテーブル席に向かい合わせに座ると、全員が私と瑠璃子さんの生脚に視線を送ってくる。瑠璃子さんはそれとなく脚を開き、スリットから太ももの付け根近くまで露わにする。白昼のレトロな純喫茶に真っ白な美脚が輝き浮かぶと、男たちが一斉に身を乗り出し、細い足首から引き締まったふくらはぎ、青白い血管が透けて見えるムッチリとした太ももまでを舐めるように眺める。

「たまには主人以外の男の目にも嬲らせてやらないと、宝の持ち腐れになってしまうものね」

私も人のことは言えないが、男たちの注目を集めたいと思う気持ちは、結婚しても、いくつになっても変わらないものだ。

「それにしても……フィットネス通いのせいかしら、最近、あなたもご主人も健康的でスタイルもよくなって、夜の方もお盛んなんでしょ？　うらやましいわ」

ウェイトレスが二人分のコーヒーを置いて立ち去ると、瑠璃子さんがいきなり際どい話を持ち出してきた。やっぱりスワッピングの誘いなのだろうか。

「ええ、まあ……世間並みには」

「謙遜《けんそん》しなくてもいいわ。あなた、肌の色つやもいいし、外を歩いていてもフェロモン出しまくりだもの。商店街のオヤジたちが鼻の下を伸ばすのも、無理ないわね」

さすがに元銀座ホステスだけあって、男に対する観察眼は鋭い。

「うちの主人、私より十五も年上で、今年二月に還暦を迎えたのね。そしたら、あっちの方が急に弱くなっちゃって……」

「はあ……」

人を持ち上げたと思ったら、今度は自分の夫の愚痴だ。

「私の美貌とテクニックをもってしても週一回がやっとなのよ」

「まあ、ご主人の六十歳で週一は普通としても、瑠璃子さんはまだ若いから。ちょっと可哀《かわい》そうかな」

「でしょ？　そう思うでしょ？　それで、あのテレビＣＭを一緒に見ていて、あの若い方の奥さんは私の知り合いだって言ったら、主人がね、あの奥さんと３Ｐができれば、それがきっかけで週三ぐらいはできるようになるかもしれないって言うのよ」

「ええっ？　私と３Ｐを？」

「銀座の店で可愛がってくれた先輩ホステスがレズで、私もレズを仕込まれちゃったの。３Ｐは主人が言い出したことだけど、私も前から、あなたにとっても興味があったの。どうかしら？」

スワッピングの誘いかという予感は外れたが、３Ｐの誘いだとは……。

晃司から聞いた話では、この珍萬寺町は、鎌倉時代に創建された古刹《こさつ》、珍萬寺の門前町で、大正時代に私鉄が敷設され、珍萬寺駅が作られた。その駅から珍萬寺までの参道に商店や土産物屋《みやげ》が建ち並ぶようになったのが、珍萬寺駅前商店街の始まりだ。

望月家は江戸時代より代々、珍萬寺町一帯に田畑を持っていた大地主だ。戦後の農地改革で大半の所有地を失ったが、珍萬寺駅近くに東京ドーム約二個分に相当する土地が残された。その土地に商業ビルやマンションを次々と建設し、自らが経営する不動産管理会社で管理を請け負っている。

望月剛造自身は農業の経験はないものの、代々受け継がれてきた血のせいか、肩幅が広く短軀《たんく》で、ガニ股という典型的な農民体型だ。おまけに色黒で、鼻は低く、髪の毛も薄いというから念が入っている。とてもじゃないけど、大金持ちのセレブというイメージからかけ離れている。元高級クラブホステスだった瑠璃子さんと並ぶと、まさに美女と野獣だ。

瑠璃子さんの話を聞きながら、商店街の催し物や盆踊りなどの際、役員席にふんぞり返っている剛造さんの姿を思い出した。この男に抱かれるのかと考えた途端、晃司には悪いけど、膣口から子宮に向かってズ～ンと突き上げるような熱い衝撃が走った。

実はオナニーするとき、俳優の仁科晴彦のような渋いイケメンに抱かれるシーンを想像するのも好きだが、本当に深くイキたいときは、道路工事現場の作業員のようなガテン系の男に荒々しく嬲られる自分を思い描くことが多い。今の今まで考えたこともなかったが、そのガテン系の粗野な男のイメージと望月剛造の姿が重なったのだ。少し焦って、尋ねずにはいられなかった。

「ま、前から一度聞いてみたかったんだけど、瑠璃子さんは、どうしてご主人と結婚なさったの？」

「商店街の人たちが、望月家の莫大《ばくだい》な資産が目当ての毒婦だと噂《うわさ》してるのは知ってるわ。確かに、おカネのこともあるけど、それだけじゃないのよ」

「ほかには、どんな？」

瑠璃子さんはコーヒーカップを置き、脚を組む。タイトスカートのスリットがさらに大きく割れ、ムッチリとした両の太ももが付け根まで晒される。

「望月が一部上場の建設会社の役員に連れられて初めてお店にやって来たとき、たまたまついたのが私だったの。それ以来、望月は三日に上げずやって来ては、結婚してくれと、しつこく口説いてきたの。断っても断ってもね。金払いはいいし、見かけによらず飲みっぷりもなかなかきれいだったから、むげにはできなくて……それで、私も根負けして、一度だけ抱かせてやって、諦めさせようと思ったの。そうしたら……」

瑠璃子さんは一旦言葉を切って、コーヒーを一口飲んだ。私は思わず前のめりになる。

「そうしたら……どうだったの？」

瑠璃子さんはニヤリと笑って言葉を続けた。

「そうしたらね……すごかったのよ、とってもっ！」

「す、すごかったって、セックスがっていうこと？」

「そうなの。さっきも言ったように、そのころの私はレズだったから、男にはイカされないっていう変な自信があったんだけど、まずクンニであっさりとイカされた後、オチ×チンをオマ×コに挿入したまま体位を次から次へと変えて、立て続けに五回ぐらいイカされ、最後にはお潮まで噴かされたの」

「それで、結局、プロポーズを受けることに？」

「そうよ。もともと面食いではなかったし、お金持ちで、セックスも無茶苦茶すごければ、文句はないわ」

その無茶苦茶すごいセックスを味わえると考えただけで、膣穴からジワッと蜜液が湧き出るのが分かった。晃司には悪いと思いながらも、瑠璃子さんと甘い口づけを交わし、剛造に後ろから激しく犯される私の姿が脳裏に浮かび、頭の中にピンク色の靄《もや》が広がる。

「本当に……わ、私でよければ、お相手させていただくわ」

気づいたらOKしていた。3Pがうまくいったら、次は晃司も交えてスワッピングをすれば、きっと晃司も許してくれるはずだ。そう自分に言い聞かせた。

「よかったわ。東京のホテルのスイートルームを予約して、悪いようにはしないわ。本当は、多分断られるだろうと、半分諦めていたの。何しろ、主人の姿かたちがあんなだもの」

「二、三日前に言ってくれれば、私はいつでもいいわよ。連絡を待ってるわ。私はこれで、失礼します」

そう言って立ち上がり、店を出ようとして、瑠璃子さんに呼び止められた。

「明穂さん、冷蔵庫に入れてもらってる食料品を忘れてるわ」

瑠璃子さんのご主人とのすごいセックスを想像しながら一刻も早くオナニーを

することで頭がいっぱいだったのだ。瑠璃子さんはウェイトレスから受け取ったマイバッグを渡してくれるとき、ニヤリと笑った。

心の中を見透かされたようで少し気恥ずかしかったが、家に戻って晃司が留守なのをいいことに、結局はオナニーした。いかにも農業ガテン系の風貌《ふうぼう》の望月剛造に後ろから犯されるシーンを思い描きながら、左手の親指と人差し指、中指の指先でクリトリスをこね、右手の中指と薬指で膣穴をえぐり、もう少しでお潮を噴きそうになるほど気持ちよく絶頂した。

翌日、さっそく瑠璃子さんから電話がかかり、初スワッピングは三日後の土曜日の夜と決まった。晃司には半分だけ本当のことを伝えた。

「ねえ、あなた。今度の土曜日、フィットネス仲間の瑠璃子さんとお泊まりしていいかしら?」

「瑠璃子さんて、フィットネスクラブでよく会う地主の奥さんか?」

「東京で何とかというお芝居をやってるんですって。瑠璃子さんに一緒に行こうって誘われたの。ホテル代も出してくれるって」

「いいよ。たまには、羽根を伸ばしてくるといいさ」

瑠璃子さんに誘われて、一緒にホテルに泊まるのは本当だ。東京で芝居もやっているけど、それを観に行くとは言っていない。心の中で頭を下げながら、嘘《うそ》はついていないと自分に言い聞かせた。

土曜日の午後、商店街のほぼ中央にあるバロンの前で待ち合わせ、ご主人の剛造さんが運転する大型の外車で、東京の銀座に近いホテルに向かった。私と瑠璃子さんはタイトなミニワンピースを着ていた。私はレモンイエロー、瑠璃子さんは名前にちなんで瑠璃色だ。二人ともストッキングは穿いていない。

私と一緒に後部座席に乗り込んだ瑠璃子さんは、私の左隣に座り、私の手を取って目を見つめながら、有無を言わせぬ口調で聞いてきた。

「私、元々はレズで、あなたに興味があるって言ったわよね」

「ええ、聞いたわ」

「じゃあ、いいのね？」

瑠璃子さんは私の返事を待たず、右手で私の顔を自分の方に向けて唇を重ね、左手を太ももの付け根に這わせてきた。

「わ、私、レズは初めてだから……」

「大丈夫よ。私に任せて」

瑠璃子さんの指が私のハイレグパンティーの股布をくぐり、無毛の陰裂をなぞって陰核包皮を探り当てる。多くの買い物客で賑わう週末の商店街を走る車の中で、早くもクリトリスを嬲られているのだ。

「る、瑠璃子さん……外から見られちゃうわ」

「大丈夫よ。後ろの座席はマジックミラーだから」

それを聞いて、私も瑠璃子さんに倣い、瑠璃子さんの股間に手を忍ばせ、クリトリスを愛撫《あいぶ》する。ホテルに着くまでの間、私と瑠璃子さんは座り心地のいい後部座席で抱き合い、お互いのクリトリスを嬲り続けた。おかげで、シートの二カ所に淫臭を放つ染みができてしまった。

ホテルの地下駐車場からエレベーターでフロントがあるフロアに出た途端、私たち三人は周囲の人々の注目を集めた。高級そうなスーツを着ていてもガテン系体型がありありの背の低い無骨そうな男が、身体の線にピッタリと貼りつくミニワンピースを着た妖艶な美熟女と、Dカップの乳房を強調するミニワンピースを着た少し若い女を引き連れてフロアを横切っていく。

男のガニ股の短い脚と、付け根近くまで露わの四本のムッチリした太ももの対比が、余計に目を引くのだ。

剛造さんが慣れた様子でチェックインを済ませると、ベルボーイの先導で最上階のスイートルームに直行した。剛造さんがさりげない仕草で、ベルボーイに千円札を渡すのが見えた。瑠璃子さんが言っていた通り、見かけによらず洗練された男なのかもしれないと思った。

スイートルームに入るなり、女子高生のように思わず声を上げてしまった。

「わあっ。素敵っ！　こんな豪華なお部屋に泊まるの、初めてだわっ！」

二十畳はあるリビングの窓は床から天井まで全面強化ガラス窓で、皇居の緑や大手町のオフィス街、国会議事堂などが一望できる。ゆったりと配置された家具も、シンプルなデザインながら高級なものだと分かった。様々な形のソファーが配置された応接セットは、十人以上がゆったりと座ることができる大きさだ。

「バスルームもゴージャスよ。一緒に行きましょ。剛造さん、そのまま二人でお風呂を使っていいかしら？」

「ああ。ゆっくりと楽しんでいいぞ。俺は少し昼寝するから」

瑠璃子さんは私の手を引いてバスルームに入ると、瑠璃子さんはミニワンピースを頭から脱ぎ去った。ブラジャーとパンティーもむしり取って全裸になり、ホテルのアメニティーグッズを使って艶《つや》やかなセミロングの黒髪をシニョンにまとめる。両腕を上げたために晒された腋窩には、毛穴一つ見えないほど完璧《かんぺき》な脱毛処理が施され、うっすらと汗をかいているためか、まるで白磁のようなぬめりを見せている。

身長は私と同じ一六〇センチほど。全体にスリムな体型で、大きくはないけど形のいい乳房の頂点に、小さめの赤い乳首が屹立している。全身の肌が純白に近いだけに、熟れた茱萸《ぐみ》の実のような乳首の赤が鮮やかだ。

ウエストのなだらかなくびれが、柳腰の流麗な曲線を強調する。下腹も腋窩と同様に完璧な脱毛処理が施され、盛り上がった恥丘の下の陰裂から、こちらも熟れた茱萸の実のようなクリトリスがわずかに頭を覗かせている。

私も髪の毛をシニョンにまとめた。すると、瑠璃子さんが近づいてきて、私のワンピースとブラジャー、パンティーを脱がせて全裸にし、唇を重ねてきた。まさに流れるような電光石火の早業だ。

「る、瑠璃子さん、いきなりだなんて……」

「車の中より、もっと気持ちよくしてあげるわ」

バスルームには広いバスタブと洗い場のほかに、ガラス張りのシャワーブースがある。瑠璃子さんはそのブースに連れ込んだ私の身体を反転させ、強化ガラスの仕切りに両手をつかせる。うなじに唇を感じたと思ったら、前に回されてきた瑠璃子さんの左手が乳房を揉み込み、右手は親指と中指で陰核包皮を割り、クリトリスを根まで剝き出しにした。

「はうっ！　瑠璃子さん、き、気持ちいいわっ！」

右手でクリトリスを嬲りながら、乳房を揉んでいた左手を尻山の間から膣穴に移し、中指と薬指を深々と挿入してきた。前も後ろも、骨太で不器用な晃司の指とは違い、しなやかな指による繊細で巧みな責めを受けている。

しかも、私のオナニーの仕方とは左右の手の責めどころが逆の上に、指使いも微妙に違うだけに、もどかしさの中に新鮮な刺激も感じられ、いつしか左頰《ひだりほお》と両の乳房を仕切りガラスに押しつけて喘ぎ声を上げながら、尻を瑠璃子さんに向かって突き出していた。

「これからもっと気持ちよくしてあげるわね」

瑠璃子さんは私の背中に覆いかぶさり、両手を駆使した二カ所責めを続ける。このままでは一方的にイカされそうだ。

「る、瑠璃子さん、私ばっかり気持ちよくなって……瑠璃子さんはいいの？」

「私は、後でイカせてもらうからいいわ。まずは明穂さん、イッてちょうだい」

私は何かつかまるものが欲しくて、瑠璃子さんの責めを受けながら壁伝いに横に移動し、高い位置のフックにかけられているシャワーのホースにつかまった。中学時代の教科書で読んだ芥川龍之介《あくたがわりゅうのすけ》の「蜘蛛《くも》の糸」のように頼りないが、ないよりはましだ。

「覚悟はいいわね」

瑠璃子さんは自分の身体を私の右脇腹《みぎわきばら》にピタリと押しつけると、右手の三本指でクリトリスをつまみ、茶の湯で茶筅《ちゃせん》を使うように高速で回転させる。

「あああんっ！　効くっ！　それっ……効くっ！」

「クリトリスだけでイクのはもったいないわ。明穂さんのオマ×コ、細かいヒダヒダがたくさんあって、ミミズ千匹という名器ね。ご主人は幸せ者だわ。その名器オマ×コでも、私の指技を味わってね」

右手の動きはそのままに、膣穴に挿入した二本指をグリグリと左右にひねりながら、激しく抜き挿しする。

「おおおっ！　な、なんなの……これってっ！　き、気持ちよすぎるわっ！」

クリトリスはずる剝けしそうなほど摩擦されて燃えるように熱く、膣穴は瑠璃子さんがほめてくれたヒダヒダを削り取るような勢いで二本指を回転させつつピストン運動させる。

股間の前と奥とで発生した熱い衝撃が一体となって脊椎《せきつい》を駆け登り、脳髄を痺《しび》れさせる。

「だ、駄目っ！　瑠璃子さん、私、もう我慢できないっ！」

「我慢なんかしなくていいのよ。思いっきりイキなさい、明穂さん」

ついに子宮の奥で快感が爆発した。

「イクッ！　イクッ！　イクゥウウウウッ！」

シャワーホースにしがみつき、あまりに凄《すさ》まじい快感から逃れようと腰を振り回すのだが、瑠璃子さんは腰の動きに楽々と追随し、二カ所責めを続行する。

「うぐぅぅぅぅぅぅぅぅぅっ！」

私は天井に向かって叫び声を上げたいのに、身体中の筋肉という筋肉が硬直して呼吸もままならず、声を出せないのだ。それを見た瑠璃子さんは、最後にひと際強くクリトリスをひねり上げると、膣穴から勢いよく二本指を引き抜いた。次の瞬間だった。

ブシャァァァァッ！

絶叫の代わりに膣穴からイキ潮が噴き出て、シャワーブースの床を直撃する。

最近では晃司とのセックスでもイキ潮を噴くようになったし、この前は俳優の仁科晴彦との対面座位のセックスで密かに湯船の中に噴いた。でも、まさかレズプレーでこれほど大量のイキ潮を噴くとは思わなかった。

そのままシャワーブースの床に崩れ落ちそうになったが、瑠璃子さんは私を支えてジャグジー付きのバスタブに入れてくれた。二人並んで浸かると、頭の天辺から足の爪先まで脱力した身体に、熱めの湯が心地よく、ジェット噴流が筋肉を癒やしてくれる。

「ありがとう、瑠璃子さん。生き返った心地がするわ」

「若いくせに、何を言ってるの？　これからが３Ｐの本番でしょ」

確かに、そうだった。ホテルに着いて、まだ一時間ほどしかたっていない。今日は夜の七時から並木《なみき》通りのフランス料理店で食事をした後、瑠璃子さんが以前に勤めていた高級クラブに行く予定だ。壁の時計を見て、七時までにまだ四時間もあると思ったが、瑠璃子さんは違った。

「大変っ！　もう四時間しかないわ。急いでベッドルームに行きましょ」

一緒にバスタブを出ると、瑠璃子さんは身体にバスタオルを巻きつけ、私に一枚投げて寄こした。私も真似をする。二人とも髪の毛が濡れたので、頭にターバンのようにバスタオルを巻く。なんだか外国映画で見たセレブみたいだと思った。瑠璃子さんがベッドルームに歩きながら、急ぐ理由を説明してくれた。

「あの人はワインに目がなくて、お酒を飲むと全然勃たなくなっちゃうの。だから、食事に出かける前に、私、最低でも二回はイカせてもらわないと……」

ベッドルームを見ると、腰にバスタオルを被せただけの全裸の剛造さんが、キングサイズのベッドで大の字になって寝ていた。晃司のいびきもひどいが、剛造さんのいびきはケタ違いだ。

「剛造さん、私がフェラチオして、明穂さんが顔騎するから起きてね」

瑠璃子さんは頭と身体に巻いたバスタオルを落としてベッドに上がり、剛造さんの脚の間に正座すると、ダラリとしたペニスと睾丸を手に取って重さを量るような仕草をしている。見る限りでは、レズだった瑠璃子さんを何度もイカせてイキ潮まで噴かせるような逸物という威厳はない。

「うん。これなら大丈夫そうだわ」

瑠璃子さんは左手で両方の睾丸を揉みながら、ペニスをゆっくりとしごき始めた。すると、ダラリと萎えていたペニスが魔法でもかけられたかのようにムクムクと勃起を始めた。それに合わせて、瑠璃子さんの手筒のストロークも徐々に速くなっていく。

「おおっ、瑠璃子、ありがとう。おかげで気持ちよく目が覚めたよ。明穂さん、そのバスタオルを外して、私の顔に乗ってくれないか？」

「ええっ？　本当に顔騎するの？」

「そうよ。剛造さんたら、あの顔で顔騎されるのが好きなの」

「あの顔は余計だろ」

「あら、ごめんなさい」

剛造さんは本気で怒っているわけではなく、かけ合いを楽しんでいる。

「さあ、まずは私の顔を跨いで、瑠璃子の方を向いて立ってくれ」

瑠璃子さんに倣って二枚のバスタオルを落として素っ裸になり、剛造さんの言った通りにベッドに立った。

「おおおおっ！　オッパイも尻も大きくて、乳首はサクランボのように可憐なのに、オマ×コからビラビラがはみ出していて、色も茶色く染まっている。私好みのオマ×コだ。素晴らしいっ！」

剛造さんは「素晴らしいっ！」と言うが、これではほめられているのか、けなされているのか分からない。

「さあ、そのまま私の顔の上に座ってくれ。遠慮はいらない」

変なほめられ方をされ、ちょっとムッときていた私は、言われるままに全体重を尻山に乗せて剛造さんの顔の上に腰を下ろした。

すると、狙《ねら》いすましたように、オマ×コからはみ出した小陰唇が剛造の分厚い唇をピタリと覆い、肛門の窄まりに団子っ鼻がスッポリと埋まった。

「うぐっ！」

剛造さんが声にならない唸《うな》り声を上げ、身体を震わせた。

「まあ、剛造さんのオチ×チン、ピクピクしてるっ！　明穂さんの顔騎、主人はとっても喜んでるわ」

顔に尻を乗せられ、生殖器官と排泄器官で口と鼻を覆われて感じるなんて、ただの変態じゃないの。瑠璃子さんは変態男が好きなのかしら?

瑠璃子さんはヒクつく勃起ペニスを口にくわえ、大きなストロークでフェラチオを始めた。それに合わせて、私は尻山に全体重を乗せたまま、剛造さんの顔の上で腰をグラインドさせる。すると、分厚い唇が小陰唇の内側に刻まれた細かいヒダヒダに吸いつき、団子っ鼻が肛門の窄まりのシワをくすぐる。

「はうっ！　オマ×コの、ビ、ビラビラも、お尻の穴も……な、なんて気持ちいいのっ！」

瑠璃子さんはフェラチオをやめ、剛造さんの腰に跨がり、自分の唾液《だえき》でテラテラとぬめる勃起ペニスを膣穴で呑み込もうとしている。ダラリとしていたときはなんの変哲もないペニスだったが、瑠璃子さんの手コキとフェラチオで完全に勃起すると、大きな変貌《へんぼう》を遂げていた。

全体の長さは十人並みだが、肉茎が異様に太いのだ。そのため普通サイズの亀頭が小さく見え、子供のころにテレビで話題になった幻の珍獣ツチノコにそっくりだ。これが、レズだった瑠璃子さんを連続絶頂に追い込み、イキ潮まで噴かせたペニスなのか？　私は顔騎グラインドをやめ、思わず見入ってしまう。

そのツチノコの頭が瑠璃子さんのはみ出しが小さく、色素沈着も少ない小陰唇の間に潜り込んだ。剛造は私のはみ出しの大きい小陰唇が好みだと言ったが、私は楚々《そそ》とした佇まいの瑠璃子さんの小陰唇がうらやましい。

「剛造さんのオチ×チン、お先にいただくわね」

瑠璃子さんがゆっくりと腰を下ろしていくと、ツチノコが住み慣れた巣に戻るように、超極太ペニスはスムーズに膣穴に潜り込んでいく。

「ああぁんっ！　剛造さんのオチ×チン、私のオマ×コを限界まで押し広げてくるのよぉ！　フィストファックされてるみたいなのっ！」

そうか。瑠璃子さんはレズ相手のフィストファックでイカされていて、剛造さんの人並外れた極太ペニスが膣穴にピッタリとフィットしたのに違いない。

「ご、剛造さん……あ、明穂さんも、もっと気持ちよくしてあげてね。私、明穂さんと一緒にイキたいの。いいでしょ？」

口をきけない剛造さんは、返事の代わりに瑠璃子さんを乗せた腰をズンと突き上げると、私の膣穴に舌を挿し入れてきた。意外に長い舌だ。

「剛造さんの舌が……オマ×コの奥の方まで舐めてるわ。ああんっ！　こんなに奥深くに舌を入れられたのは初めてよ」

「オマ×コの奥を舐められるのって、気持ちいいでしょ？　でもね、この人の舌がいいのは、それだけじゃないのよ」

そういえば、瑠璃子さん、剛造さんとの初めての夜に「まずクンニであっさりとイカされた」と話してたけど、まだ何かあるのかしら？

そんな疑問を抱いたことが伝わったのか、剛造さんは私の腰をしっかりとつかむと、膣洞の奥まで伸ばした舌の先端をクルクルと回転させ始めた。膣奥をドリルで嬲られているような初めての快感だった。

「な、何っ、これって？　こんなの初めてよっ！」

私は思わず前のめりになった。瑠璃子さんはそんな私を抱きしめて口づけし、ツチノコペニスを呑み込んだ腰を、ものすごいスピードでしゃくる。私も負けじと、剛造さんの口に膣穴を、鼻に肛門の窄まりを押しつけて腰をしゃくる。

剛造さんはそれでも舌先の回転を止めないばかりか、右手を私の下腹に回してきた。そして、陰核包皮に埋もれているクリトリスを探り当て、私の腰のしゃくり上げを利用して人差し指の腹で摩擦する。膣奥とクリトリスから電流のような快感が走り、子宮を熱くさせる。私は瑠璃子さんの口づけを振りほどき、天井に向かって絶叫した。

「も、もう駄目だわっ！　明穂、イキますっ！　イクッ！　イクッ！」

バスルームで瑠璃子さんにイキ潮を噴かされたおかげで、剛造さんの顔にイキ潮を噴きかけるのは辛うじて避けられた。

私が絶頂に達したのが引き金になったのか、瑠璃子さんも続いて絶頂への急坂を登っていく。

「ああんっ！　あなたっ！　瑠璃子もイキますっ！　イクッ！　イクッ！」

瑠璃子さんは絶叫とともに両手で私の肩をつかんで膝立ちし、夫の下腹に向かってイキ潮をしぶかせる。同時に、剛造さんも私の膣穴に声にならない唸り声を発し、イキ潮噴射中の妻の膣穴に向かって精液の奔流を噴き上げた。

三人は剛造さんを真ん中に、瑠璃子さんのイキ潮と剛造さんの精液で大きな染みができたベッドに身体を投げ出し、ゆっくりと時間をかけて呼吸を整えた。

立て続けに二回の絶頂に達したものの、本物の勃起ペニスでのセックスはしていない。なんとなく物足りないものを感じていたら、瑠璃子さんがタイミングよく提案してきた。

「せっかくだから、私、最後に明穂さんのフィストファックでイキたいわ。明穂さんもうちの剛造さんのオチ×チンを味わってみて。オマ×コを目いっぱい広げられる快感って、すごくいいものよ」

「私も、ご主人のオチ×チンをオマ×コに欲しいと思ってるけど……でも……」

剛造さんのペニスは、瑠璃子さんのイキ潮と自分が噴き上げた精液にまみれ、すっかりしおれている。瑠璃子さんがペニスに手を伸ばして逆手に持ち、亀頭をこねるように刺激する。

「前にも言った通り、今日は明穂さんがいるから、いつもの剛造さんとは違う。

バスルームで、二人がかりで責めれば、もう一回はきっと大丈夫よ。ねえ、剛造さん、いいでしょ？」

「もちろん、私もそのつもりだ。明穂さんのオマ×コ、フィットネスで鍛えているだけあって、きっと締まりがいいぞ。さっきも、私の舌をギュウギュウと締め上げてきたからな」

「じゃあ、善は急げっていうから、さっそく行きましょ」

バスルームでの私と瑠璃子さんは、初めてとは思えないほどのコンビネーションで、剛造さんを責め立てた。

広い洗い場の中央に剛造さんを立たせ、瑠璃子さんがフェラチオしている間に私が睾丸をマッサージしたり、私がDカップの乳房でパイズリしてる間は瑠璃子さんが睾丸マッサージをするといった具合に、常にペニスと睾丸に刺激を与え続ける。もちろん交代で剛造さんに口づけし、唾液を飲ませることも忘れない。

剛造さんのペニスが半勃ちしたところで、瑠璃子さんは剛造さんを真ん中にして、みんなを洗い場の床に横にならせた。

私と瑠璃子さんは引き続きペニスと睾丸を嬲りながら、剛造さんの目の前で舌を絡めてディープキスを交わし、空いた方の手で相手のクリトリスや膣穴を責めたりするレズプレーを見せつけてやる。

「る、瑠璃子っ、夫の目の前でレズプレーに耽《ふけ》るとは……許さんぞっ!!」

剛造さんは口では怒ったふりをしているが、ペニスは正直だ。私が中指と薬指の二本を瑠璃子さんの膣穴に抜き挿しし、瑠璃子さんが頭をのけ反らせて喘ぎ声を漏らすと、突然のように血液がペニスにドクドクと流れ込むのが分かった。ともあろうに女の指で責められて喘ぐ愛妻に興奮しているのだ。

取り立てて特徴のなかった半勃ちペニスが、たちまち極太のツチノコペニスへと変貌を遂げた。

「す、すごいわっ！　両手で握らないと、指が届かないなんて……。こんなに太いオチ×チン、瑠璃子さんのオマ×コによく入ったわね」

「明穂さんも入れちゃえば、そのよさが分かるわ。剛造さんのオチ×チンも勃ったことだし、ベッドに戻りましょ」

時計を見ると、バスルームで一時間近く過ごしていた。

「明穂さん、剛造さんとどんな体位でしたいの？」

いつものオナニーの際のガテン系の暴漢に襲われるという妄想を今こそ疑似体験するチャンスだと思った。剛造さんの風貌ならイメージに限りなく近い。

「バ、バックでお願いしたいんだけど……」

「よかったわ。主人も明穂さんとバックでしたいって言ってたのよ。明穂さんのお尻の穴を見ながらしたいんですって。変態よね?」

それを言うなら、私も変態だと思った。でも、そんなことは、今はどうでもいい。まず瑠璃子さんがベッドに上がり、ヘッドボードに枕を二段重ねに置き、背中をもたれさせる。私は、脚を大きく開いた瑠璃子さんの股間に顔を向けて四つん這いになる。

「明穂さん、クリトリスにキスしながら、フィストファックしてくれる?」

私は左手で瑠璃子さんの陰核包皮を押し下げ、真っ赤に熟した茱萸の実のようなクリトリスを根元まで剝き出すと、スッポリと唇を被せて吸引し、舌で舐め上げ、舐め下ろす。

「はうっ! 上手よ、明穂さん。レズの素質がありそうね」

ほめられるとうれしくなって、なんでも頑張る性分だ。続いて、右手の五本の指の先をドリルのように窄めて膣口にあてがう。私はかなり窮屈な姿勢になり、尻山を急角度で突き上げる形になった。

「おおっ! 明穂さんの尻穴が丸見えだ。黒々とした窄まりに、細かいシワが放射状にされいに並んでいる。まるで黒い菊の花のようだ」

剛造さんにお尻の穴を見られるのは恥ずかしいが、自分の手が膣穴に消えていく神秘的ともいえる光景に心を奪われていた。上腕を押し出すように徐々に力を入れると、五本の指が膣穴に埋もれていく。さらに力を込めると、五本の指と手の甲の境目の一番太い部分が、ズボッという音とともに膣穴に沈んだ。

「はううううんっ！　いいわっ、明穂さんっ！」

真っ赤に充血したクリトリスを舌先で嬲りながら、恐る恐る右腕を抜き差しする。ヌルヌルの粘膜が腕にまとわりつき、グイグイと締めつけてくる。勃起ペニスだったら、きっと気持ちいいに違いない。少し悔しい思いがした。

と、そのとき、剛造さんが私の尻山を大きく割り広げたと思った次の瞬間、肛門の窄まりに柔らかく生温かい物が押しつけられた。剛造さんの分厚い唇だ。そして、さっきは膣穴でさんざん暴れ回った舌が、今度は窄まりのシワの一本一本を掘り起こすように舐め回す。

スワッピングをした仁科晴彦に、肛門の窄まりを指でいじられて以来、晃司とはときどきアナルセックスもしているけど、窄まりを舐められたことなどなかった。でも、正直なところ、嫌いな感覚ではない。

「ア、アナルを舐められるのは初めてだけど……き、気持ちいいわ」

今度から、晃司にもアナルを舐めをしてもらうことに決めた。

「明穂さんのアナルの味も堪能したし、アナル舐めでオマ×コ汁もたっぷり出てきたので、そろそろオマ×コに私のチ×ポを入れますよ」

剛造さんが勃起ペニスの亀頭を膣口に押し当ててきた。人並みの大きさの亀頭は素直に潜り込ませることができたが、それから先が大変だ。異様に太い肉茎の部分が、はみ出した小陰唇を巻き込みながら中に入ろうとしている。

「小陰唇のビラビラに亀頭をしゃぶられるのは好きだけど、いざ挿入しようとすると邪魔になるな」

剛造さんはそう言いながら小陰唇のビラビラを指で外側に押し広げると、極太ペニスを一ミリ一ミリ挿入してくる。

「おおおおおっ！　瑠璃子さんが言ってた通りだわっ！　本当に……う、腕を入れられているみたいだわっ！」

膣穴が限界まで広げられ、反射的に腰を逃がしたくなる。剛造さんは両腕で私の腰を引きつけつつ、自らの腰を押し出してくる。その力に屈して、私の膣穴は極太のツチノコペニスを少しずつ呑み込んでいく。

「明穂さんのオマ×コ、瑠璃子のオマ×コに負けないぐらいグイグイと締めつけています」

瑠璃子さんは、私の膣穴をヒダヒダがたくさんあるミミズ千匹の名器だと言ってくれたけど、今はきっとヒダヒダも伸びきって、身に余る太さの侵入物をただ締めつけることしかできない。剛造さんはミミズ千匹やカズノコ天井といった名器オマ×コと出会っても、その絶妙な味わいをペニスで感じることはできないだろう。過ぎたるは及ばざるがごとしとはよく言ったものだ。

だが、なんとかそんなことを考えることができたのも、極太ペニスが根元まで挿入されるまでだった。

それが引き出されるときの衝撃は、ケタ違いだ。極太ペニスと膣粘膜があまりにピッチリと密着しているために、剛造さんがゆっくりと腰を引くと、膣奥が真空状態になるように感じるのだ。

「おおおおっ！　オマ×コが、し、子宮ごと引きずり出されるっ！」

私は後頭部を押さえつけていた瑠璃子さんの手をはねのけて、背中を極限まで反らす。すると、剛造さんはまた極太ペニスを押し込み、抜き挿しのスピードを徐々に上げてくる。

私はその快感とも苦痛ともつかない感覚に翻弄され、瑠璃子さんへのレズ責めなどできる状態ではなくなった。じれったくなった瑠璃子さんが、両手で私の右腕をつかんできた。

「もっとよっ！　拳《こぶし》を握って、もっとオマ×コを……ズコズコしてっ！」

私の右腕は上腕の半分近くまで膣穴にはまり込み、指先がシリコンゴムのようにコリコリした肉のリングに触れた。子宮口だ。私は言われた通り、右手で拳を握り、子宮口をグリグリと摩擦する。

「はううっ！　それっ、いいっ！」

瑠璃子さんも背中をのけ反らせ、天井に向かって絶叫を放っている。私は朦朧《もうろう》とした意識の中で、自分の膣穴をツチノコに犯され、自分の右腕がツチノコに変身して瑠璃子さんの膣穴を犯している錯覚に陥った。

「イクッ！　ツチノコに犯されて……イクッ！　イクッ！　イクッ！」

「瑠璃子も……明穂さんのフィストで、イクッ！　イクッ！」

「わ、私も、明穂さんのキツキツのオマ×コで……イクッ！」

三人が同時に絶頂に達したとき、剛造さんが根元まで突き入れていた極太ペニスを一気に引き抜いた。私も反射的に自分の右腕を引き抜く。

次の瞬間だった。私と瑠璃子さんの膣穴からイキ潮が噴射され、剛造さんの股間のツチノコが白い精液の奔流を吐き出す。

私はイキ潮を噴きながら、やはりイキ潮を噴射している瑠璃子さんの上に倒れ込んだ。剛造さんは私たちの隣に仰向けになった。イキ潮噴射と射精が終わっても、三人とも荒い息をしている。

3Pは大成功に終わったが、その夜は三人とも出かけるだけの体力と気力をなくし、フランス料理店の予約はキャンセルした。代わりにルームサービスで取った豪勢なディナーをスイートルームのダイニングでいただいた。身体中の水分といい水分を噴き出し、喉が嗄《か》れるほど絶叫した後のシャンパンとワインは、身体の隅々に行き渡った。

食事をしながら、私の夫が失業中だという話題になり、剛造さんから思いがけない提案があった。これからもときどき3Pの相手をしてくれるなら、夫の晃司を珍萬寺駅前にあるマンションの管理人として雇ってくれるというのだ。最初は契約社員だが、真面目《まじめ》に働けば正社員にもしてくれるそうだ。そろそろ失業保険も切れるころだし、私はなんとしても夫にうんと言わせると約束した。

イキ潮と精液が染み込んだキングサイズのベッドには剛造さんが一人で寝て、

私と瑠璃子さんはもう一つのベッドルームのダブルベッドで抱き合って寝た。

　翌日の日曜日の朝、ベッドから出る前に、女同士のシックスナインでお互いに軽い絶頂を味わい、帰りの車の中でも、やはり後部座席で瑠璃子さんとキスとクリ嬲りを楽しんだ。

　剛造さんが運転する車が昼前に珍萬寺駅前商店街に到着したとき、私のタイトミニのワンピースの裾はウエストの辺りまでずり上がり、ハイレグパンティーはグッショリと濡れていた。ワンピースの裾を引き下ろし、パンティーから蜜液のしずくが垂れないように、そっと車から降りなければならなかった。

　剛造さんと瑠璃子さん夫婦に別れを告げて商店街を歩いていると、ちょうどフィットネス帰りの晃司と一緒になった。

「明穂の身体から…なんだかエッチな匂いがしてるぞ」

「たった一晩だけど、晃司とエッチができなかったからよ。帰ったら……すぐにしましょ」

　昨日の夜は晃司としていないのは事実だから、嘘はついていない。

「ああ、俺もプールで泳ぎながら、明穂が帰ってきたらすぐにしたいと思っていたところさ」

自宅に戻ると、バスルームに直行し、立ちバックでイカせてもらった。昼食にありあわせの材料で作ったサンドイッチを食べながら、マンション管理人の話をすると、晃司は喜んで引き受けると言ってくれた。

これからときどきは剛造さんのツチノコペニスと、瑠璃子さんの銀座仕込みのレズテクニックを味わえる上に、夫の再就職も叶った。それもこれも、元はといえば去年の暮れ、商店街の歳末大売り出しの福引きでフィットネスクラブの無料体験クーポンが当たったおかげだ。晃司の失業で暗くなっていた私たちの将来に、明かりが見えてきたようだ。

第三章〈晃司〉

美熟女ミニスカ市議はマゾ＆バイセクの二穴遣い

横浜市郊外にある珍萬寺駅周辺に土地を持つ地主の望月剛造の妻、瑠璃子夫人と、俺の女房の明穂が泊まりがけで東京に出かけたことで、どういう風の吹き回しか知らないが、月が替わった六月一日から、俺は望月が経営する不動産管理会社の契約社員として雇われ、駅前ロータリーに面した一等地にあるタワーマンションの三人目の管理人として働くことになった。

当分は二人の先輩管理人に使われる雑用係のようなものだが、勤務時間は朝九時から夕方五時で、去年まで勤めていた会社のようにほぼ毎日残業ということもない。自宅マンションから徒歩五分だから、朝はゆっくりできるし、昼飯も家で食べられ、贅沢さえしなければそこそこの生活はできる。正社員への登用の可能性もあるというから、取りあえず不満はない。

仕事帰りにはほぼ毎日、ＣＭに出演した際にもらった一年間無料の特別会員券を使って、明穂と一緒に商店街にあるフィットネスクラブに通っている。

勤め始めて十日ほどたったこの日、俺の終業時間に合わせて明穂がマンションのエントランスにやって来たとき、車寄せに女が運転する黒塗りの国産ミニバンが停《と》まった。後部座席のスライド式ドアが開くと、いきなり尻山との境目近くまで露わになった太ももが目に飛び込んできた。タイトミニのスカートスーツを着た女だ。豊かな尻山にスカートの布地が引っ張られ、裾が大きくずり上がってしまったのだ。

ムッチリとしたその見事な太ももの持ち主は、珍萬寺エリア選出の自由進歩党市会議員、長谷《はせ》川《がわ》美帆子《みほこ》だ。横浜市内の有名ミッション系女子大生時代にミス・キャンパスに選ばれたこともある三十八歳の美熟女で独身。地元ローカルテレビ局アナウンサーだった二十八歳のとき、地元選出の自進党国会議員にインタビューしたことがきっかけとなって市会議員選挙に出馬し、初当選した。現在は三期目だが、市民のために何かしたという実績は皆無といっていい。

選挙期間中も自らの信条や政策をアピールするより、ブラウスの胸のボタンを弾き飛ばしそうなたわわな胸と、ミニスカートからニョキッと伸びる太ももで票を集める『お色気選挙』で当選を重ねてきた。

俺が長谷川美帆子についてこんなに詳しく知っているのは、明穂が前回選挙の際、長谷川陣営のウグイス嬢のアルバイトをしたからだ。

「美帆子先生のスカート、投票日が近づくにつれて、どんどん短くなるの。投票前日なんて、選挙カーの上に立っただけで、鼻の下を伸ばした男のファンたちにパンツが丸見えなのよ。それで、美帆子先生に投票しちゃうんだから、男の人って馬鹿よね」

　明穂が、そんな内幕を話してくれたことがあった。俺も一度、車の上に立って演説する美帆子のパンティーを見たことがある。演説の内容は一言も覚えていないが、極薄のパンティーストッキングから透けて見えるパンティーが、燃えるような赤だったことは覚えている。確かに、鼻の下を伸ばして見上げていたが、長谷川美帆子には投票しなかった。幸い、俺は馬鹿ではないということだ。

　選挙カーの上で演説する間、ずっとパンティーをモロに見せることもいとわないのだから、ミニバンから降りる際にパンティーを見られることなど気にも留めないらしい。おかげで、ムッチリとした両の太ももの奥の谷間に貼りつく純白のハイレグパンティーを、極薄のパンスト越しに拝むことができた。

　車から降り立った長谷川美帆子は、股下ゼロセンチどころか股上までずり上がったタイトスカートの裾を慣れた手つきで引き下ろし、何事もなかったようにこちらに向かって歩いてくる。そして、緩やかにウェーブさせた栗色の髪をかき上げながら、俺の隣に立つ明穂に声をかけてきた。

「あら、明穂さんじゃないの。どうしたの？　こんなところで」

明穂が俺を指差して説明する。

「お久しぶりです、美帆子先生。これ、主人ですが、ちょっと前からこのマンションの管理人をしてるんです。で、今日はこれから一緒にフィットネスクラブに行こうと……」

美帆子先生は俺を上から下まで舐めるような目つきで眺める。

「そうだったの。最近入った管理人さん、どこかで見たことがあると思っていたけど、例のＣＭに一緒に出ていた明穂さんのご主人だったのね」

目鼻立ちのはっきりしたエキゾチックな顔立ちと、熟れに熟れきったムチムチの肉体。その相乗効果で『触れなば堕《お》ちん』風情を醸し出し、男の劣情をくすぐる。一メートル離れた距離でも、えも言われぬ牝臭と濃厚なフェロモンを放っているのが分かる。

「初めまして。十日前からこちらの管理人をしております大和田です。よろしくお願いします」

「こちらこそ、よろしくお願いします。管理人さんと個人的に知り合いだと、何かと心強いわ。それにしても、明穂さん、この前の選挙を手伝ってもらったときと比べて、随分とスリムになったわね」

「ええ、二年前より十キロほど痩《や》せました」

「それも、例のフィットネスクラブのおかげね。ところで、明穂さん、今は何かお仕事は？」

「いいえ、特には……」

「それはよかったわ。ここだけの話だけど……実は、私、次の国政選挙に出馬するするもりなの」

「国政選挙って、今話題の衆議院の？」

今、政界では総理大臣をはじめ与党の自進党幹部を巻き込んだ一大スキャンダルが持ち上がり、二、三カ月以内に衆議院の解散・総選挙が行われるのではないかともっぱらの噂だ。

「そうよ。横浜市議の先輩の永田《ながた》先生から『そろそろ国政も考えてみたら？』って、内々にお誘いがあったのよ」

「永田先生って、あの自進党幹事長とかっていう人？」

なるほど、長谷川美帆子のスカートの丈が最近また急に一段と短くなったと思ったら、衆院議員選挙に出馬する予定のせいだったのか。自進党幹事長の永田清十郎《せいじゅうろう》といえば、若くして横浜市議から一足飛びに衆院議員になると、銀座のホステスや赤坂《あかさか》の芸者たちと浮名を流し、名前をもじって『永田町の性獣』という不名誉なあだ名をつけられたこともあった。そんな永田清十郎に、美貌のムチムチ熟女が取り入るのは簡単だっただろう。

「ええ、そうよ。それで、明穂さん、あなたに今度の選挙でまたウグイス嬢をやってもらいたいの。明穂さんの声って、妙に色っぽくて、男性有権者に評判がいいのよ」

そう言われれば、確かに明穂の声は少し鼻にかかっていて、甘ったるく感じられる。日当も確か一万五千円と高額だった。

「ええ、どうせ時間は空いているし、喜んでお手伝いさせていただきます」

「ありがとう。助かるわ。そうだわ。今度、ご主人と一緒に、うちにお食事にでも来てくださいな。連絡しますわ」

ちょうどそのとき、縁なし眼鏡《めがね》をかけた紺色のスカートに白いブラウス姿の女が、大きめのトートバッグを肩にかけて近づいてきた。ミニバンを運転していた女で、車をマンションの地下駐車場に停めてきたのだ。

「私の秘書の小松奈々子《こまつななこ》よ。奈々子さん、前回の選挙でウグイス嬢をしてもらった大和田明穂さんは覚えているわね？」

「もちろんです。その節は大変お世話になりました」

「こちらは明穂さんのご主人の晃司さんよ」

「初めまして。小松奈々子です」

年齢は長谷川美帆子よりも若く、三十歳前後か。長谷川美帆子がハーフのようなエキゾチックな顔立ちなら、長いストレートの髪をポニーテールにした小松奈々子は、縁なし眼鏡の奥の切れ長の目、高い鼻梁《びりょう》、薄い唇が、知的な印象を与える和風美人だ。長谷川美帆子が「先生」と呼ばれるなら、小松奈々子は「女史」と呼ばれてもおかしくない。

ただ、それは首から上だけの話で、タイトなスカートの丈は長谷川美帆子に負けないほど短く、余分な贅肉のついていない太もも、引き締まったふくらはぎの美脚を惜しげもなく晒している。

血管が青白く透けて見えるほど白くてムッチリとした美帆子の太ももと、淡い小麦色に日焼けしてスラリとした奈々子の太ももが、見事な対比を見せる。

「大和田さん、その節はうちの美帆子先生が大変お世話になりました。ＣＭを拝見して仲のよいご夫婦だなと、うらやましく思っておりました」

そう言って奈々子が会釈すると、ブラウスの胸元から乳房の深い谷間が覗き、美帆子に負けず劣らずたわわなことに気づいた。縁なし眼鏡をかけた理知的な風貌と、肉感的な乳房に剝き出しの太ももというアンバランスが、見る者の劣情を一層くすぐる。

二人がエントランスホールをエレベーターに向かって歩く後ろ姿を見送った。

二人はほぼ同じ身長で、明穂よりも数センチは高いので、一七〇センチ近くありそうだ。腰の高さもほぼ同じだが、容貌や太ももの形と同様に、腰や尻山の形も見事な対比を見せている。

美帆子の腰は張り出しが大きく、タイトスカートに包まれた肉づきのいい尻山はやや垂れてはいるが、熟れた無花果《いちじく》の実のようなおいしそうな形をしている。一方の奈々子はというと、腰の張り出しはそれほどでもないが、ウエストのくびれが深く、美しい曲線を描く。引き締まった尻山の肉がタイトなスカートの生地をツンと押し上げている。

一歩足を踏み出すごとにクイッ、クイッと左右に揺れる二つの美尻に見とれていたら、いきなり明穂に向こうずねを蹴《け》り上げられた。

「痛っ！　何をするんだよ。痛いじゃないか！」

「私が隣にいるのに、鼻の下を伸ばして二人のお尻を見つめていたからよ。涎《よだれ》まで垂らしそうな顔をして……」

明穂が怒っているのは半分は冗談で、「焼き鳥をおごってくれるなら許してあげる」と言うので、この日はフィットネスはやめて、駅前の焼き鳥屋で一杯やって帰った。会社勤めしていたころは週に一、二回は同僚と居酒屋や焼き鳥屋で飲んで帰ったものだが、仕事終わりに女房と一杯やるのもいいものだ。

家に戻ってシャワーを浴びた後、いつものように明穂を抱いた。明穂には悪いが、セックスしている間、長谷川美帆子のムッチリした太もも、ミニバンから降りる際にチラリと見えたハイレグパンティーや、二人の後ろ姿の揺れる尻山を思い出していた。そして、美熟女市議と美人秘書の二人の、牝臭と湿り気を帯びたミニスカートの奥の三角地帯に顔を埋める妄想を抱きながら果てた。

もちろんそのときは、それが現実になるとは、夢にも思わなかった。

三日後の昼休み、いつものように自宅で昼飯を食って仕事に戻ると、エントランス前の来客用駐車スペースに長谷川美帆子のミニバンが停まっていた。ロビーに置かれたソファーに座っていた女が、エントランスに入った俺を見て立ち上がった。果たして、長谷川美帆子の秘書の小松奈々子だった。

グレーのタイトミニのワンピースにライトブルーのジャケットを羽織っている。奈々子はこちらに近づきながら、太ももの付け根までズリ上がったスカートの裾をさりげなく下ろしたが、それでも太ももの半分以上は剝き出しだ。

「こんにちは、大和田さん。お待ちしておりました」

「長谷川美帆子先生の秘書の小松奈々子さんですね」

「まあ、私の名前まで覚えてもらって、光栄だわ」

服装の色合いは大人しいが、ジャケットのボタンを外しており、大きく開いたワンピースの胸元から、Dカップはある乳房が今にもこぼれ出てきそうだ。そればかりか、伸縮性のある生地は乳房の形はもちろん、下腹にうっすらとついた脂肪や恥丘の膨らみまで、身体中の凹凸という凹凸、曲線という曲線をすべて浮き彫りにしている。後ろに回れば、二つの尻山の形もはっきり見て取れるはずだ。

そうしたい衝動を辛うじて抑えた。

「このマンションにお住まいの長谷川先生の秘書の方の名前を忘れるわけがあり

ません。それで、今日は明穂のウグイス嬢の件で？」

「いいえ。長谷川からご主人に言付けがあって参りました」

「長谷川先生から私に？　管理に何か手落ちがありましたでしょうか？」

「いいえ、今度の金曜日の夜、晃司さんのお仕事が終わってからで結構なので、自宅までおいでいただけないかと……」

「分かりました。明穂と一緒に喜んでお伺いします」

「いいえ。長谷川は、ご主人一人でおいでくださるように申しております」

先日会ったとき、美帆子は「ご主人と一緒にお食事でも」と言っていたが、俺一人を自宅に呼ぶとは思いも寄らなかった。

「明穂と一緒じゃなくて？　俺、いや、私一人で？」

「そうです。長谷川がお呼びしているのは、晃司さんだけです。でも、私も同席させていただきますので、ご心配なく」

「別に心配はしていませんが、明穂のことでも、管理のことでもないなら、ご用件は一体何でしょうか？」

「ちょっとしたお願い事があると申しております。晃司さんを困らせたり失望させたりすることは、決してありませんわ」

梅雨《つゆ》入り前とはいえ、このところ蒸し暑い日が続いている。ほとんど一日中動き回っているので、汗もかなりかく。汗臭いままでは行けないだろう。

「分かりました。では、仕事が終わったら一度家に戻って、着替えてからお伺いします。六時ごろお伺いするのでよろしいでしょうか？」

「いいえ、それは駄目です。長谷川からの伝言は、ユニホームのまま、仕事が終わったらすぐに来てほしいということです」

小松奈々子はそう言って、黄色の半袖シャツにカーキ色のチノパン姿の俺を眺め、満足そうに微笑んだ。

「どうしても、と言われるなら、そうしますが……」

「どうしても……です。仕事が終わったら、真っ直ぐに来てください」

ここまで言われたのだから、汗臭い身体で行っても失礼にはならないだろう。

「では、金曜日の午後五時に仕事が終わったら、すぐに伺います」

「よかったわ。奥様には、私からご説明しておきます」

話がまとまり、小松奈々子はエントランスの外に停めたミニバンに向かって歩いていく。思った通り、ツンと上を向いた二つの尻山が薄い生地を突き上げ、太ももは尻山との境目ギリギリまで露わになっていた。

超ミニスカートを好んで穿く美熟女二人が、なんのために俺一人を自宅に呼ぶのか？　答えは分からないが、小松奈々子の後ろ姿を眺めながら、ペニスの海綿体に血液が流入するのを感じた。俺のペニスは本能的に、土曜日に起きることを予知していたのかもしれない。

その日の午後は小松奈々子の太ももと尻山が脳裏にチラつき、何をやるにも上の空で、危うく先輩管理人に叱《しか》られるところだった。

その土曜日の朝、出がけに長谷川先生の住戸を訪ねると明穂に告げると、明穂は「秘書の小松さんから聞いてるわ。部屋の模様替え、しっかりとお手伝いしてあげてね」と上機嫌で送り出してくれた。

その日の午後は蒸し暑く、おまけにマンションの地下駐車場に浮浪者が入り込む騒ぎがあり、敷地の外に追い出すのに苦労した。おかげで、ユニホームの半袖シャツの脇や背中に染みができるほどの大汗をかいたが、俺は小松奈々子に言われた通り、汗臭いユニホーム姿のままエレベーターに乗った。

長谷川美帆子の住戸は十八階の南西の角部屋だ。ドアホンを鳴らすと、ドアを開けたのは、肩から腕を剝き出しにした黒いキャミソール姿の女だった。肩紐で吊られたカップからこぼれ落ちそうなたわわな乳房が目の前に迫り、香水と牝臭の混じり合った芳香が鼻腔を満たす。いつものポニーテールではなく緩くウェーブがかかった黒髪を下ろし、縁なし眼鏡もかけていないので、声を聞くまで、それが小松奈々子だとは分からなかった。

「よくおいでくださいました。さあ、どうぞ」

靴を脱いで上がり、左右にいくつも扉が並ぶ廊下を奈々子の後についていく。

奈々子が着ているのはゆったりとしたAラインのキャミソールで、背中は尻山の割れ目のすぐ上までパックリと開き、裾は尻山と太ももの境目で揺れている。後ろから見ると、隠されているのは艶やかな黒髪が広がる肩甲骨の辺りと尻山だけだ。キャミソールのしっとりとした光沢は、シルクに違いない。パンティーラインも見えないので、ノーブラ・ノーパンだと分かった。同時に、いくら鈍い俺でも、今日呼ばれた目的は、部屋の模様替えなんかではないと察した。

秘書の小松奈々子がのっけからこんなにエロい格好をしているなら、市会議員の長谷川美帆子は一体どんな格好で迎えてくれるのか？　頭の中にピンク色のベールがかかり、期待とペニスが膨れ上がるのを抑えることができない。

奈々子が廊下の突き当たりのドアを開けると、そこは菫色《すみれいろ》のカーペットが敷き詰められた三十畳近くあるリビングだった。腰高から天井まで強化ガラス張りの大きな窓越しに、淡いオレンジ色の西日を浴びたランドマークタワーやベイブリッジが一望できる。

長谷川美帆子は、床まで届くロングドレスをまとい、その窓辺に立っていた。いつものタイトなミニスカートでなかったので少しがっかりしたが、逆光に目が慣れてくるに従って、ドレスの色はコバルトブルー、ノースリーブで胸元がV字に大きく割れていること、左サイドに腰骨の上まで深々と切れ上がったスリットが入っていることが見て取れた。こちらは一目見て、シルクのドレスだと分かった。一面の菫の花畑に、花の女神が佇んでいるかのようだ。こちらの女神様も恐らく、ノーブラ・ノーパンだ。

「晃司さん、いらっしゃい。お待ちしてましたわ」

素肌の上にシルクのロングドレスをまとっただけの美熟女市会議員と、シルクのミニキャミソールだけを着たアラサーの美人秘書と一緒の部屋で、俺一人が汗をにじませた管理人のユニホームを着て佇んでいる。それだけでも居たたまれないのに、いきなり下の名前で呼ばれてますます居心地が悪くなった。長谷川美帆子は俺のそんな気配を察したらしい。

「いきなり晃司さんだなんて呼んで……ちょっと馴《な》れ馴《な》れしすぎたわね。ごめんなさい。怒らないで」

「怒るだなんて……ちょっと驚いただけで、むしろ、うれしいです」

「そう言ってもらえて、私もうれしいわ。晃司さん」

美帆子の術にはまったことに気づき、しまったと思ったときは、もう手遅れだった。この短いやり取りだけで、俺はあっさりと心を鷲《わし》づかみにされてしまっていた。

淡いオレンジ色に染まった景色を望む大きな窓を背にした美帆子は、まるで後光が射しているように美しい。美帆子が俺の方に歩いてくると、深々と切れ上がったスリットから、左の太ももはおろか鼠径部や腰の張り出しに至るまで、純白の肌が露わになる。

美帆子が近づくにつれ、牝臭と香水の香りが強く漂ってくる。その距離が一メートルになっても美帆子は歩みを止めず、V字に割れたドレスの胸元からあふれそうなたわわな乳房が目の前に迫ったところでようやく立ち止まった。気がつくと、小松奈々子も同じような距離で、俺の背後に立っている。

「ど、どうしたんですか？　二人とも。そ、そんなに近寄られたら……」

汗臭いのがバレてしまうと心配したのも束《つか》の間、美帆子が俺の胸に顔を近づけて目を閉じ、鼻から大きく息を吸い込んだ。背中からも、大きく深呼吸する息遣いが聞こえた。

「ああ、いい匂いだわっ！　私の勘に間違いはなかったわ」

「本当にっ！　先生の言われた通りですわ」

二人が俺の体臭を嗅ぎ、うっとりとしているのは明らかだ。

「あのCMでうっすらと汗をかいた晃司さんを見て、きっと素敵な匂いがするに違いないって思っていたのよ」

「でも、俺、今日はいろいろとあって、本当に汗をたくさんかいたから……」

「晃司さんの身体、甘い汗の匂いがして……素敵よ。ねえ、奈々子さん、そうでしょ？」

「ええ、甘くて……男臭くて……」

背後の奈々子に気を取られている隙に、美帆子は俺の左腕を取って上に持ち上げ、腋窩に鼻を埋めてきた。

「な、何をするんですか？　長谷川先生っ！」

「す、すごいわっ！　モジャモジャの毛が生えた脇の下から、汗の匂いに混じって、鼻を刺す腋臭と男の強烈なフェロモンが立ち昇ってるっ！」

奈々子も俺の右腕を持ち上げ、後ろから俺の腋窩に鼻を埋めている。

俺の体臭が二人を酔わせてるように、俺も二人の女に挟まれて両腕を高々と上げたまま、二人分の牝臭とフェロモンに酔い痴《し》れる。最初に半裸の奈々子の後ろ姿を眺めたときからずっと半勃起状態になっているペニスが、制服のズボンの中で完全に勃起した。

「もっといろいろなところの匂いを嗅がせてね」

二人とも、超のつく匂いフェチに違いない。美熟女市会議員が舌なめずりするような笑みを浮かべてユニホームの半袖シャツのボタンを外し、俺の身体から引き剥がす。美人秘書は柔らかい乳房を背中に押しつけて腕を前に回し、ズボンのベルトを外すと、足元にひざまずいてトランクスごと一気に引き下ろす。抵抗する間もなく、上半身はアンダーシャツだけ、下半身は靴下だけという情けない格好にされた。

おまけに、ズボンとトランクスを引き下ろされた際の反動で、飛び出した勃起ペニスがバチンと腹を打った後、およそ四十五度の角度を保ってゆらゆらと揺れている。

「まあ、す、すごいわっ！　奈々子さんも見てごらんなさい」

小松奈々子がひざまずいたまま俺の前に回ってきて、目と口を丸くした。奈々子と鼻の先で、勃起ペニスが裏筋を見せて揺れている。

「こ、こんなに元気なオチ×チン、久しぶりです、美帆子先生っ！」

「例のCMを見て以来、晃司さんの黒スパッツのモッコリが、ずっと頭から離れなかったの。明穂さんがうらやましかったわ。ちょっと……失礼」

長谷川美帆子も俺の足元にひざまずき、俺の足を肩幅に広げさせ、勃起ペニスの根元をつかむ。そして、上下左右に傾けて隅々までチェックする。

「先っぽは色も大きさもプラムの実のようにパンパンに張っていて、太いサオの部分には蔦《つた》のように血管が絡まってるわ」

奈々子は睾丸を両手で握り、コリコリと揉み込んできた。

「タマタマもすごく大きくて、ズッシリしてる。いっぱい搾り取れそうです！」

美帆子が顔を勃起ペニスに近づけたので、フェラチオするのかと思ったが、違った。奈々子と顔を寄せ合い、亀頭から肉茎、睾丸の裏側に至るまで、クンクンと念入りに匂いを嗅ぐ。やはり極度の匂いフェチだ。

「鼻が曲がりそうなほど男臭いオチ×チンも久しぶりよ。晃司さん、やっぱり素晴らしいオチ×チンだわ」

奈々子も俺を見上げてうなずく。チ×ポやキンタマが臭いと言ってほめられたのは初めてだ。喜んでいいのか恐縮すべきか分からず、俺はいちいち反応することを放棄して、二人がすることに身を任せることに決めた。

「匂いは十分に堪能させてもらったから、今度はお味を見させていただくわ」

長谷川美帆子は亀頭を、小松奈々子は睾丸に舌を這わせてきた。

「ちょっとぬめりがあって、塩味が効いていて、いいお味だわ。食感はいかがかしら？」

美帆子はそう言うなり、亀頭をズルッとくわえ込み、舌で亀頭を舐め回す。ただ舐めるだけでなく、舌先でエラの張り具合をチェックすることも忘れない。

「し、市会議員の長谷川先生にフェラチオしてもらえるなんて……俺、夢みたいです」

思わずそう口走ると、長谷川美帆子はパンパンに膨らんだ亀頭を吐き出し、ソフトな手コキをくれながら、すねたような目つきで見上げる。

「こんなときに市会議員とか、先生だとか言わないで……現実に引き戻されて、興覚めしちゃうわ。美帆子って呼んで」

「す、すみません、気がつかなくて。み、美帆子さん」

美帆子がニッコリと笑ってフェラチオに戻ると、睾丸に舌を伸ばしていた奈々子は俺の後ろに回り、両手で尻山を広げる。

「前は美帆子先生に譲って、私は後ろを味見させていただきます」

秘書である小松奈々子先生は、こんなときでも「先生」と呼んでもいいらしい。

理知的な風貌を持つ美人秘書は、なんと割り広げた尻山の狭間に顔を埋め、高く尖《とが》った鼻をドリルのように使って肛門の位置を確かめ、窄まりにピッタリと唇を被せてきた。

「な、奈々子さん、一体何を……おおおっ！」

奈々子は言葉ではなく、行動で問いに答える。俺の腰を両手でガッシリとつかみ、窄まりを吸引しながら、舌先でシワの一本一本を掘り起こしてきた。

仁科初音夫人で人生初の肛門舐めをしたり、最近ではリクエストに応《こた》えて明穂の肛門も舐めているけど、自分の肛門を舐められたことはない。だから、アナル舐めがこんなに気持ちいいとは知らなかった。

二人の女、それもとびきりの美女二人に、前と後ろから同時に唇や舌で責められるのも初めてのことだ。この部屋に足を踏み入れてから、まだ十五分とたっていないのに、初めての経験を一体いくつしたことだろう。

それに対して、美帆子と奈々子はいかにも慣れた様子で、抜群のコンビネーションを発揮し、次から次へと多彩な責めを繰り出してくる。このままではあっという間に射精に追い込まれそうだ。

一人で一体何人の男と、何回の経験を積んで、これだけのテクニックとコンビネーションをマスターしたのか……そう考えると、男たちへの嫉妬とともに、負けてなるものかという闘争心が湧いてきた。反撃もせずに、一方的にイカされる名折れだけは避けたい。

「美帆子さん、奈々子さん、せっかくだから、俺にも二人のオマ×コの匂いを嗅がせてください」

二人はその言葉を待っていたかのように、嬉々《きき》として応接セットのソファーに並んで座った。まずは美帆子の足元にひざまずき、コバルトブルーのロングドレスのスリットに手をかけて割り開く。毛穴一つ見えない無毛の生殖器官が剝き出しになった。色素沈着が進んだ陰裂に顔を埋め、湿り気ときつい淫臭を帯びた空気を思い切り吸い込む。それだけで、脳髄が痺れ上がった。

次いで、隣に座る奈々子の足元に移ると、奈々子の生殖器官は極端に短い丈のキャミソールからすでに無防備に覗いていて、やはり無毛だった。色素沈着の少ない陰裂に顔を埋めたが、美帆子とは違って匂いは薄く、物足りない。ただ、ちょっと気になる匂いが鼻をかすめた。

「私たちのオマ×コの匂い、堪能されたかしら？　よろしければ、そこに横になっていただきたいの」

小松奈々子の股間から顔を上げ、長谷川美帆子に促されるままに菫色のカーペットに仰向けになると、美帆子はドレスのスリットから左の腰骨の上まで露わにして俺の腰を跨ぎ、奈々子は美帆子の方を向いて俺の顔を跨いだ。

淀《よど》みのない二人の動きから、あらかじめどちらが先に勃起ペニスを挿入するかが決められているのが分かった。やはり３Ｐプレーに慣れているのだ。二人は同時にカーペットに膝をつき、美帆子は勃起ペニスを握り、亀頭を膣口に押し当てる。奈々子は膣口を俺の顔の真上に持ってきた。

美帆子は完全な脱毛処理が施された女陰部を晒し、色素沈着が進んで大きくほころび出た小陰唇に、勃起ペニスの亀頭をしゃぶらせる。目には見えないが、小陰唇の内側には緻密なヒダヒダがあるようだ。美帆子の膣穴からあふれ出た蜜液が亀頭を濡らし、肉茎にまで伝い落ちる。

まさに目と鼻の先にある奈々子の無毛の女陰部は、大陰唇や小陰唇、会陰、肛門の窄まりや周辺に色素沈着は見られない。わずかにほころび出た小陰唇が充血して左右に開き、内側の淡い紅色の粘膜を見せている。その細かいヒダヒダが蜜液に濡れ、蜜液が今にも垂れ落ちてきそうだ。俺の頭は奈々子のキャミソールにスッポリと覆われ、湿り気と淡い淫臭を帯びた空気に包まれた。このときも、淫臭とは異なる鼻を刺すような臭気を感じた。

二人とも小陰唇から蜜液をたっぷりとしたたらせているのは、俺が来る前にレズプレーを楽しんでいたからかもしれない。

見かけによらず……いや、見かけ通りに、二人とも底なしの淫乱ということなのか。だとしたら、褌《ふんどし》の紐でも兜《かぶと》の緒でもなんでも、きつく締めてかからないければならない。

「晃司さん、この立派なオチ×チン、いただくわね」

美帆子がゆっくりと腰を下ろすと、満開の小陰唇の中心に亀頭が埋もれていく。

「はうっ！　晃司さんのオチ×チン、見かけ以上にすごいわっ！」

美帆子の言葉とは裏腹に、入り口のきつい締めつけを通過した亀頭は、大した抵抗を受けないまま膣洞を進んでいった。美帆子の尻山が俺の下腹に密着し、勃起ペニスの根元が膣口のきつい締めつけを受けている。いわゆる『巾着』と言われる名器なのだろう。完全に呑み込まれたのは分かったが、無毛の下腹が俺の下腹に密着するのを見届けることはできなかった。奈々子が尻山の狭間を俺の顔にあてがい、全体重を乗せてきたからだ。

俺の口は奈々子の小陰唇にスッポリと覆われ、鼻は肛門の窄まりにはまり込んだ。上野の老舗旅館の風呂場で、元タカラジェンヌの仁科初音に顔面騎乗されたときの記憶が甦る。

あのときは、慌てて呼吸をしようとした俺の口に生臭い味の蜜液が大量に流れ込み、鼻腔はむせ返るようなきつい牝臭で満たされた。おまけに、宝塚時代にダンスで鍛えた腰遣いで、生殖器官を容赦なく顔にこすりつけてきた。

だが、幸いにも奈々子は尻山に全体重を乗せてきたものの、腰をゆっくりと蠢かせるだけだ。俺は鼻で奈々子の肛門の窄まりのシワを撫で、舌を伸ばして小陰唇の内側のヒダヒダの一本一本を掘り起こすように舐める。

「ああんっ、美帆子先生。大和田さんのオチ×チン、どうですか？」

「とっても素敵よ。サオが太くて、食い締め甲斐《がい》があるわ」

「はうっ！　後で……私にも、味わわせてくださいね」

「もちろんよ。晃司さんのクンニはどう?」

「ネえ、オマ×コのビラビラとお尻の穴のシワを同時に嬲られて、とっても気持ちいいです」

「奈々子さんのキャミソール脱がせてあげるわ。私のドレスも脱がせて」

視界が明るくなり、奈々子のキャミソールが剝ぎ取られたのが分かった。俺の脚に触れていたロングドレスもなくなった。これで、二人とも一糸まとわぬ全裸になったわけだ。

二人は俺の身体に跨ったまま前屈みになり、会話の合い間にくぐもった喘ぎ声を漏らしている。女同士で口づけをしているに違いない。美熟女市議の膣穴に勃起ペニスを挿入し、美人秘書の小陰唇をしゃぶっているのだから、本来なら僥倖として喜ぶべき状況だ。だが、これではまるで二人のレズプレーの快感を高める道具のようだ。俺は無性に腹が立ってきた。

先日の仁科初音夫人のように、二人とも徹底的にイカせまくり、イキ潮絶頂をお見舞いしてやる。

「はうんっ! 晃司さんのオチ×チン、今また、一段とたくましくなったみたいよ……素敵っ!」

長谷川美帆子は俺の腰の上で、腰をしゃくり上げ、グラインドさせる。だが、膣口は結構なきつさで勃起ペニスの根元を締めつけているものの、膣洞は緩い粘膜の筒に過ぎず、当分は射精に追い込まれる心配はなさそうだ。

まずは顔騎している小松奈々子からだ。仁科初音夫人のように、クンニリングスでクリトリスを責めてやる。

両手で奈々子の腰をつかんでほんの少しずらし、鼻を膣穴に潜らせ、唇を陰核包皮に被せる。包皮を割れ目に舌先を潜らせ、クリトリスを舐め上げると、今度は舌を刺すような味を感じた。

そして、さらに舐め続けると、クリトリスの表面から何かがポロポロと剝がれ落ち、発酵した魚のような味に変わった。一度だけ土産にもらって食べたことがある滋賀県の郷土料理、鮒《ふな》のなれ寿司に似ている。

最初に奈々子の陰裂に顔を埋めたときに嗅いだ気になる匂いと今の強烈な味の正体は、陰核包皮の中に溜まった恥垢《ちこう》に違いない。舌先の感触からして、その恥垢がクリトリスの回りにビッシリと付着しているのだ。

「ああんっ!　な、何なの、これ?　こんなの初めてよっ!」

これまでの言動からして、小松奈々子は処女ではない、だが、クリトリスを責めされたことも、自分でいじった経験もないということらしい　どうやら、絶好の責めどころを発見したようだ。

「どうしたの？　奈々子さん。晃司さんに何をされたの？」

小松奈々子の尻を少し持ち上げ、混乱している奈々子に代わって答えてやる。

「奈々子さんのクリトリスを舐めたんです。クリ皮を一度も剝いたことがないらしく、恥垢がビッシリとついているので、これから舌で掃除してあげます」

「ええっ？　奈々子さん、自分のクリトリスに触ったことがないって、本当なの!?　いつも私のクリトリスを舐めてくれてるじゃないの」

「先生のクリトリスは大きくて、割れ目から頭を出しているけど、私のは埋もれているし、皮を剝こうとすると痛いんですもの。今までにお相手した男の人も、クリトリスを剝いたり舐めたりはしてくれなかったものだから」

二人はやはりレズ関係にあるものの、レズプレーにおいても議員と秘書の関係そのままに、奈々子が一方的に美帆子に奉仕してるようだ。そのおかげで、またも初めての経験ができそうだ。処女クリトリスとの遭遇だ。

仁科晴彦と初音夫人とのスワッピングの際、自らクリトリス責めをねだってきた初音夫人には、大ぶりのクリトリスの根元を甘嚙みし、歯列の先端でクリトリスの表面をこそげてやった。きっとヒリヒリとした刺激が、痛気持ちよかったはずだ。だが、指でも舌でもまだ一度も触れられたことのない小松奈々子の小ぶりのクリトリスは、ソフトに扱ってやらなければならないだろう。俺にも、それぐらいの配慮はできる。

「奈々子さん、身体をもう少し前に倒して、クリトリスを僕の口に押しつけるようにしてみてください」

「奈々子さん、私の肩に両手を置いていいわ」

長谷川美帆子も、これまで一方的にクリ舐め奉仕をさせてきたことへの反省からか、自分の秘書がクリトリス掃除をされることに協力する。

「こうかしら？」

小松奈々子は腰を器用に動かして位置を調整し、自ら俺の口にクリトリスを押しつけることに成功した。さっきひと舐めしたことで恥垢がふやけたせいか、味はより刺激的になり、発酵臭がさらに強烈になっている。危うくむせるところだったが、辛うじて堪《こら》えた。

俺は、陰核包皮の割れ目を唇でピッタリと覆い、口移しの要領で大量の唾液を流し込んだ。次いで、陰核包皮とクリトリスの粘膜の間に舌先を挿し入れ、ゆっくりと動かす。舌先をブラシ代わりにして恥垢を洗い落とすのだ。クリトリスを覆う粘膜から剝がれた恥垢は俺の唇の端からこぼれ出て、顔を伝ってカーペットに流れ落ちる。カーペットに染みができるかもしれないが、可愛い秘書のためなら、美帆子も許すだろう。

「ああんっ！　なんだか、クリトリスが、あ、熱くなってきたわっ！」

「もう少しの辛抱よ。晃司さんが、きっとすぐに気持ちよくしてくれるわ」

長谷川美帆子は励ましながら、奈々子とのキスを続けているようだ。それが効いたのか、初めての経験に縮みあがっていたクリトリスが、今ではやや硬度と体積を増し、舐めやすくなった。そして、クリトリスの根元まで探っても、舌先に触れる恥垢がなくなった。

恥垢の掃除が終わり、いよいよ本格的なクリ責めだ。クリトリスを優しく吸引すると同時に、本人に怖がられないように、ゆっくりと歯列を使って陰核包皮を剝き下ろしていく。根元まで剝いたところで、優しく吸引を続けながら舌全体でやや強めにクリトリスを舐め上げ、舐め下ろす。

「はうっ！　私がいつも先生にしてあげてるけど、ク、クリトリスを吸われながら舐められるって……な、なんて気持ちいいのっ！　腰が蕩けそうだわっ！」

「そうよ。いつも奈々子さんにクリトリスを吸って舐められて、とっても気持ちよかったのよ。今までしてあげなくて、ごめんなさいね。これからは、お互いにクリトリスを舐め合って気持ちよくなりましょ」

奈々子が感じてきたことで、美帆子も自分の快楽を追求する気持ちになったようだ。勃起ペニスを膣穴に挿入したまま、かなりのスピードで腰を前後にしゃくり、大きな円を描くようにグラインドさせる。膣洞はユルユルだが、勃起ペニスの根元をきつく締め上げる巾着名器とこの激しい腰遣いがあれば、もともと男好きする美貌と熟れた肉体を持つ長谷川美帆子が、『永田町の性獣』こと自進党幹事長の永田清十郎を籠絡《ろうらく》するのは、やはり至極簡単だっただろう。

ここは、一刻も早く奈々子にイキ潮を噴かせ、美帆子の攻略に取りかかる必要がありそうだ。ぐずぐずしていると、長谷川美帆子の嵐《あらし》のような腰遣いと巾着名器に、こっちが先にイカされかねない。目の前で、奈々子のセピア色の肛門の窄まりがヒクついていて、視覚的にも刺激が強すぎる。

奈々子のクリトリスを吸引する力を強め、舌先をプロペラのように回転させ、螺旋《らせん》を描くようにクリトリスの表面を根元から先端へ、先端から根元へと満遍なく舐める。

「ああんっ！　そ、それ……すごすぎるっ！　大和田さん、晃司さん……私、イキそうっ！　イキますっ！　初めて……クリトリスで……イクッ！」

残念ながら、イキ潮を噴かせることはできなかったが、市会議員の美人秘書を生まれて初めてのクリトリスへのクンニで絶頂に押し上げることができた。

だが、ゆっくりと満足感に浸っているわけにはいかない。美帆子の腰遣いはますます激しくなっている。

この激しい腰遣いの封じるにはどうしたらいいか？　アダルトビデオで見たシーンを思い出した。明穂に試してみようと持ちかけたが、絶対に嫌だと断られた体位だ。長谷川美帆子には何も告げず、この体位に持ち込むつもりだ。

絶頂の余韻に浸って俺の顔に陰裂をこすりつけていた奈々子が、カーペットの上に倒れ込み、上半身が自由の身になった。俺は顔にまみれついた奈々子の蜜液を手でぬぐい、身体を起こした。そして、両腕で美帆子の膝を下から抱えると、美帆子とつながったまま立ち上がった。いわゆる『駅弁ファック』だ。

フィットネスで鍛える前の俺だったら、熟れきった豊満な肉体を持ち上げることなどできなかっただろう。これも商店街の福引きのおかげだ。美帆子は床に落とされないように、本能的に両腕を俺の首に回してしがみついてきた。美帆子のたわわな乳房が俺の胸に押しつけられ、その頂点で乳首が硬く屹立しているのが感じられる。

「はおおおおんっ！　深いっ！　晃司さんのオチ×チン、深すぎるわっ！」

数秒前までは腰を自在に操って俺を責めていた長谷川美帆子だったが、俺は一気に攻守を入れ替えることに成功した。

「どうですか？　これが駅弁ファックという体位です。美帆子さんはこんな体位でされたことがありますか？」

「こ、こんな荒々しい体位は、は、初めてよっ！」

俺は、しがみついている美帆子の尻山を両手でつかむと、身体をほんの少し浮かせ、下から腰をズンッと突き上げてやる。

「はうっ！　ふ、深くまで……入ってるっ！」

腰の突き上げを何度か繰り返すうち、美帆子の膣奥で異変が起きた。

「き、亀頭がしゃぶられてるっ！」

「し、子宮口が……下りてきたのよっ！　奈々子さんに特大ディルドで嬲られたことはあるけど、本物の……オ、オチ×チンで届いた人は初めてだわっ！　なんて気持ちいいのっ！」

俺は下から突き上げる代わりに、一歩一歩にリズムをつけてリビングを歩き回る。美帆子の子宮口の蠢きはさらに活発になり、パンパンに膨らんだ亀頭を呑み込もうとさえする。膣穴から蜜液があふれ、肉茎を伝ってしたたり落ちる。

「こ、晃司さん、お願い、バ、バスルームに連れていって」

いつもは豊満な胸とムッチリとした太ももで男の劣情をくすぐって翻弄する美熟女市議が、今にもイキそうな表情と声で哀願する。

「バスルーム？　分かりました。でも、どっちですか？」

「私が案内します」

振り向くと、初めてのクリトリス絶頂の余韻から覚めた小松奈々子が、髪の毛をシニョンにまとめて立っていた。ポニーテールよりコケティッシュさが感じられるこちらの方が数段いい。

「こちらです。ついてきてください」

全裸の美人秘書のツンと上向いた尻山がクイッ、クイッと小気味よく揺れるのを眺めながら、その雇い主である美熟女市議と駅弁ファックしたまま、後についていく。傍《はた》から見れば、ひどく滑稽《こっけい》な行列に違いない。

「はうんっ！　あんっ！　あんっ！」

美帆子は俺が一歩踏み出すごとに喘ぎ声を上げ、その声を聞かれるのが恥ずかしいのか、俺に口づけしてきた。甘くトロリとした唾液が俺の口に注がれる。まさに甘露だ。

玄関に続く廊下の左側にあるドアを奈々子が開けると、三畳ほどの洗面所兼脱衣場があった。驚いたのは、床と天井以外はすべて鏡張りということだ。鏡は大小いくつかに仕切られており、その裏が洗濯機など生活臭のする物の収納スペースや物入れになっているようだ。

美帆子は常日ごろ、四面の鏡に囲まれて自分の美しさをチェックしているのだろうが、今の姿だけは見たくないはずだ。ユーカリの木にしがみつくコアラのような情けない格好で、俺の身体にぶら下がっているのだから。

「きゃぁぁぁぁぁっ！　こんな格好を自分で見るの、恥ずかしいわっ！　は、早く中へっ！」

筑波《つくば》のガマ蛙は鏡に映った自分の醜い姿を見て脂汗を流したというが、美帆子は恥ずかしさのあまり、膣穴から蜜液をドクッとあふれさせた。いつも女王様然としているが、意外と本性はマゾ気質なのかもしれない。

奈々子が脱衣場の奥にある折り戸を開けると、やはり三畳ほどの洗い場と、その奥に大人二人がゆったりと浸かることができるバスタブがあった。

「立派なバスルームですが、寝室ではなくて、どうしてバスルームに？」

抱いていた疑問を口にすると、美帆子は珍しくはにかんだ表情を見せ、勃起ぺニスを呑み込んだ腰を妖しく蠢かす。

「その答えは……これですわ」

またもや奈々子が美帆子に代わって答えた。その股間を見て、驚きのあまり美帆子の尻山をつかんでいる手を放しそうになった。

奈々子の股間から、黒光りする特大ディルドが伸びているではないか！　天を衝《つ》く先端には、子供の握り拳ほどの大きさの禍々《まがまが》しい亀頭が載っている。

その角度からして、恐らくは双頭のディルドで、一方の端は奈々子の膣穴に挿入されているに違いない。二十センチ近くある露出部分は、ローションにまみれている。

奈々子が美帆子の子宮口を嬲ったという特大ディルドが目の前の逸物なら、二人は双頭のディルドを膣穴に挿入し合い、お互いの子宮口を嬲り合って快楽を貪《むさぼ》ってきたということだ。

「このディルドを使うと、美帆子先生も私も、最後には必ずお潮を噴いてしまうんです。だから、心置きなく噴くためのバスルームなんです。それに今日は、いつもよりもっとすごい絶頂に達するはずですから、なおさらですわ」

しかし、奈々子がこれから双頭のディルドを使うとしたら、俺の勃起ペニスはどうなるんだ？　その戸惑いが顔に出たのだろう。奈々子がニッコリと笑いかけてきた。

「大和田さん、もう少しだけ、先生を抱えていられますか？」

「ええ、まだ大丈夫ですよ」

「よかったわ……美帆子先生、先生が想定したサンドイッチとはちょっと違いますが、いきますよ。いいですね？」

俺には雲をつかむような会話だが、美帆子には分かったようだ。

「ええ、お願いするわ。奈々子さん、でも、初めてだから、そっとよ」

奈々子は美帆子の背後に立ち、腰を落として構えると、股間から突き出たディルドを右手で握ってゆっくりと腰を上げる。

「おおおおっ！　入ってくるわっ！　奈々子さんのオチ×チン、私のアナルに入ってくるわっ！」

なんと、美帆子は俺の勃起ペニスを膣穴に挿入したまま、奈々子が装着した双頭のディルドを肛門に受け入れようとしているのだ。ディルドがローションにまみれていたのは、このためだったのだ。

「入ったっ！　亀頭が入りました。先生、大丈夫ですか？」

「ええ、ものすごい圧迫感だけど……い、痛くはないわ。一息に入れてみて」

奈々子が両手で美帆子のウエストをつかみ、途中で止めていた腰をズイッと突き上げた。

「はうううううんっ！　い、胃の中まで突き上げられたみたいっ！　す、すごすぎるっ！　二穴責めが……こ、こんなに気持ちいいなんてっ！」

美帆子は両腕と両脚を俺の身体に回し、暴れ馬のように腰を振り回す。俺は美帆子を落とさないように抱えているのが精一杯だ。

膣穴に挿入したままの勃起ペニスは、嵐の海原に浮かぶ小舟のようになす術《すべ》もなく翻弄される。おまけに肉壁一つ隔てて直腸の奥深くまで挿入された特大ディルドが、勃起ペニスの裏筋を圧迫している。

だが、これまでに経験したことのないケタ外れの快感に襲われているのは、俺と長谷川美帆子だけではなかった。

「み、美帆子先生のアナルチ×ポで、私のオマ×コがかき回されてるっ！　先生のアナルチ×ポ……す、すごいわっ！」

小松奈々子も美帆子の暴れ腰遣いに翻弄されているのだ。

俺と奈々子はほとんど動くことができず、サンドイッチされた美帆子の腰だけが、捕らわれた罠《わな》から逃げ出そうともがく野生動物さながらに躍動する。

最初に断末魔を迎えたのは、一番若い小松奈々子だった。

「もう駄目っ！　奈々子、またイクッ！　イクッ！　イクゥウウウッ！」

絶頂の快感に背中を大きく反らした奈々子の膣穴から、双頭のディルドが抜け出た直後、奈々子の膣穴からイキ潮が噴射された。

続いて絶頂を迎えた美帆子は両脚で俺の腰を締めつけ、木登りするように思い切り伸び上がる。今度は美帆子の膣穴から俺の勃起ペニスが抜け出て、ポッカリと口を開けた膣穴から、奈々子にも増して大量のイキ潮をバスルームの床に向かって噴射する。

ほとんど同時に、俺も精液の奔流を美帆子の下腹にしぶかせていた。確かに、これがリビングや寝室だったら、二人分のイキ潮と一人分の精液が飛び散って、後始末が大変だっただろう。

俺は美帆子の尻穴から尻尾《しっぽ》のように突き出た双頭のディルドを抜いてやり、抱っこしたまま湯を張ったバスタブに一緒に浸かった。

奈々子はうれしそうにクリトリスを陰核包皮から剝き出し、シャワーできれいに洗ってバスルームを出ていった。二人きりになると、美帆子は甘えるように俺の肩にもたれかかってきた。改めて見ると、美帆子の肌はどこもかしこも真っ白で、首から下には産毛の一本も生えていない。

「俺、まだ不思議なんですけど、美帆子さんのような地位も名誉もあって美しい人が、どうして俺なんかとこんな風に？」

美帆子は湯の中で俺の萎えたペニスを右手でつかみ、ソフトな手コキを施してくれる。その動きに合わせて、色も大きさもブドウのような乳首を載せたたわわな乳房が、湯の中でゆらゆらと揺れる。

「それは、例のＣＭで明穂さんを見ていて、若々しくて健康的で幸せそうで、おまけに晃司さんのような素敵なご主人がいる明穂さんがうらやましくなったからよ。それで、晃司さんのタイツのモッコリを見ていたら、どうしてもあのモッコリが欲しいって思うようになったの」

その当時の明穂は、失業者の妻だった。美貌の市議であり、近々国政選挙に打って出ようという美帆子にうらやましがられることは何もない。美帆子はそう反論しようとした俺の口を唇で塞ぐ。舌を絡め、甘い唾液を飲ませてくれると、元気を取り戻してきたペニスに手コキを続ける。

「私、自慢じゃないけど、言い寄ってくる男に不自由したことはないし、男を踏み台にしてのし上がってきたというのも事実よ。だけど、アラフォーになって容姿も衰えてきて、頼りにできて心を許せる男の人が一人もいないって考えると、急に不安になるやら寂しくなるやらで……。そんなときにあのCMを見て、私が持っていないものを明穂さんは持ってるって気づいたの。だから……」

今度は、俺の方から美帆子を抱きしめて口づけする。美帆子の巧みな手コキでペニスは完全勃起を回復した。

「何人かの男と3Pをしたことはあるけど、二穴責めまでされたのは、今日が初めてよ。ほかの男はみんな、私と奈々子さんで責めてやると、あっという間にイッてしまって、その後、役に立たなくなるの。だけど、晃司さんは違った。奈々子さんを初めてクリトリス絶頂させた上に、私の腰遣いにも耐えたわ。やっぱり明穂さんがうらやましい」

美帆子は俺の脚の間に入ると、腰を両手で持ち上げ、湯から浮かび出た勃起ペニスを口に含んだ。ソープランドの『潜望鏡』というサービスだが、唇の締めつけや舌遣い、睾丸の揉み込みも、高級ソープ嬢に引けを取らない巧みさだ。

「美帆子さんの手コキも、フェラチオも……ううっ、最高です」

「よかったわ。喜んでもらえて。ねえ、もう一度、今度は後ろから犯してほしいの。いいかしら？」

俺は無言で立ち上がると、美帆子の両手をバスタブの縁につかせ、蜜液に濡れそぼった膣穴に勃起ペニスを挿入した。この体位だと、肉づきのいい尻山に邪魔されて、亀頭の先端が子宮口には届かないが、力いっぱい突き入れるたびに大きくほころび出た小陰唇が睾丸をくすぐってきて、それなりに気持ちいい。

その上に鎮座する肛門は、生殖器官以上に色素沈着が進んでいる。しかし、ちょっと前まで極太ディルドをくわえ込んでいたとは思えないほどひっそりと、放射状にシワが並ぶ窄まりを閉じ、黒い菊の花のように可憐だ。

また模様替えの手伝いに呼ばれる機会があれば、そのときは3Pでこちらに挿入させてもらいたいと願った。その窄まりを右手の親指の腹で撫でながら、巾着名器に肉茎の根元を締め上げられて射精した。

第四章〈明穂〉
エロくなった元先輩は夫の目の前で３Ｐプレー昇天

鬱陶《うっとう》しい梅雨が明け、夫の晃司がマンション管理人の仕事に就いてから一カ月半がたとうとしている。梅雨入り前に政界を揺るがしていた自進党の一大スキャンダルはいつの間にか尻すぼみになり、総選挙の話も立ち消えとなった。当然、長谷川美帆子の選挙のウグイス嬢をするという話も消えた。

私もそろそろ再就職を考えなければと思っていた矢先、私のＯＬ時代の先輩だった福田《ふくだ》久仁子《くにこ》さんから電話がかかってきた。久仁子先輩は晃司と営業部の同期入社組で、経理部の私とは部署は違ったが、何かと可愛がってくれるいい先輩だった。ちなみに、課長だった晃司がリストラされた去年の夏に、彼女は四十歳の若さで部長に昇進した。

久仁子先輩が仕事帰りに近くまで来ると言うので、その日の夕方、珍萬寺駅前商店街にある喫茶店バロンで会うことにした。フィットネスクラブのＣＭで共演した俳優の仁科夫妻のマネージャーから、仁科夫妻とのスワッピングの話を持ちかけられたのがバロンだったし、この一帯の大地主の妻の瑠璃子さんから3Pの誘いを受けたのもバロンだった。深く考えもせずにバロンを指定したが、まさか、バロンに三匹目の泥鰌《どじょう》がいるとは思いも寄らなかった。

私が晃司と職場結婚したのが十年ほど前で、その五年後に会社を辞めたので、久仁子先輩と会うのはおよそ五年ぶりだ。バロンの窓辺の席に座り、暮れなずむ商店街を行き交う人々を眺めていると、妖艶な美熟女が窓の前で立ち止まり、私に向かって手を振る。それが久仁子先輩だと気づくのに、数秒を要した。

私の記憶に残る久仁子先輩は、ショートボブの髪型と目元のあたりに残るあどけなさがマッチした可愛らしい美人だった。でも、今は髪型も服装も大人の女そのものだ。

バロンのドアを開け、こちらに歩いてくる久仁子先輩は、淡いオレンジ色の麻のジャケットを肩に羽織り、白いVネックのコットンシャツが、小ぶりだが形のいい乳房を浮かび上がらせる。豊かな腰にピタリと貼りつく白い麻のタイトミニスカートからは、艶めかしい太ももが付け根の近くまで剝き出しだ。足の甲がほとんど垂直になるほど踵《かかと》の高いベージュのパンプスを履いている。以前に観たアメリカ映画に出てきた高級娼婦《しょうふ》のようだ。

立ち上がって大変身を遂げた久仁子先輩を迎えた。

「先輩、お久しぶりです」

「久しぶりね、明穂ちゃん」

テーブルを挟んで向かい合わせに座ると、久仁子先輩の真っ白な太ももに青白い血管が透けて見える。ストッキングを穿いていないのだ。両太ももの付け根の奥の黒いレースのパンティーが目に飛び込んできた。私も白いＴシャツとデニムのミニスカート、生脚にミュールを履いているけど、久仁子先輩の身体全体から醸し出されるエロさには到底かなわない。

肩に羽織ったジャケットを脱ぎ、緩やかにカールしたセミロングの黒髪をかき上げると、肩から先が剝き出しのノースリーブのシャツから、毛穴一つ見えず、シャツに負けないほど真っ白な腋窩が晒される。黒目がちな瞳《ひとみ》を強調したアイメイク、キスを誘うようなポッテリとした唇を見ていると、女の私までおかしな気持ちになりそうだ。

二人ともアイスコーヒーを飲みながら、最近の会社の様子など雑談をひとしきりした後、久仁子先輩がいよいよ本題を口にした。

「例のＣＭで見たけど、あなたも大和田くんも、とっても元気そうね」

「ええ、まあ。どちらも元気だけが取り柄ですから」

「アッチの方もお盛んなんでしょ？　あなたの肌の色つやを見れば、分かるわ」

３Pをした望月瑠璃子さんにも同じようなことを言われたが、毎晩セックスしているように見えるとは、一体どういうことなのだろう？

それはさておき、いくら仲がよかった久仁子先輩でも、さすがに「ほとんど毎晩やっています」とは言えない。

「まあ、それなりに」

「うらやましいわ。うちは駄目ね。結婚して十五年もたつと、マンネリで……」

確か、ご主人は久仁子先輩より二つ年上で、横浜市内で輸入雑貨を扱う店を何店舗か経営していると聞いた。地元紙の起業家を紹介するコーナーで取り上げられ、掲載された写真ではシブいナイスミドルという印象だった。うちと違って、夫婦揃《そろ》って勝ち組だ。

「でね、たまたま一緒にあのCMを見ていて『あの二人、私の会社の同僚と後輩だったのよ』って話したの。そうしたら、主人たら、あなたたちのベリーダンスを見て急に目の色を変えて『お前の知り合いのあの夫婦とスワッピングできないかな？』なんて言い出して……駄目に決まってるわよね？」

ご主人に頼まれて仕方なく聞いている風を装っているが、久仁子先輩も乗り気なのはミエミエだ。もしかしたら久仁子先輩の方からスワッピングを言い出したのかもしれない。

「ご主人のこと、新聞記事で見たことがあるけど、結構イケメンですよね」

「ええ……まあ、そう言う人もいるわね」

「ちょっと考えさせてもらえますか。主人にも相談してみないと……でも、久仁子先輩は、うちの晃司なんかでいいんですか？」

晃司の名前を出した途端、久仁子先輩は急にモジモジとし始めた。

「実は私、同期で入社したときから、大和田くんにひかれていたの。そのうちに今の主人と出会って、猛烈に口説かれて結婚したけど……あのＣＭを見て、昔よりも格好よくなってるんですもの、驚いたわ」

うちの晃司が久仁子先輩からそんなに思われていたとは……。

「それにしても、先輩は随分とイメージが変わりましたね、なんか急に色っぽくなったというか……」

「営業部長になってから、結構大変なのよ。成績を上げるために女の武器も使わなければならなくてね……ねえ、そんなことより、あなたさえよければ、本当に大和田くんに聞いてみてよ、スワッピングのこと」

私は「聞いてみます」と約束し、二人で並んで座った写真をスマホで自撮りして別れた。晃司にエロくなった久仁子先輩を見せてやりたかったのだ。

新たなスワッピングの誘いに気分が高揚して、商店街の肉屋でステーキ肉を買っていると、晃司に声をかけられた。管理人の仕事が終わってフィットネスクラブでひと汗流してきたようだ。

「ステーキとは豪勢だな。何か、いいことでもあったのか？」

「そうよ。後で話すわ。さあ、帰りましょ！」

肉屋の店主は、もっと私の胸と太ももを見ていたかったらしく、残念そうな顔をしてお釣りを寄こした。

その晩、ステーキを食べながら久仁子先輩の話をしたところ、会社での生き残り競争に敗れたせいか、最初はあまり乗り気ではなかった。でも、別れ際に自撮りしたツーショット写真を見せてやると、目つきが急にいやらしくなり、態度が豹変《ひょうへん》した。

椅子に座って撮った写真には、妖艶な美熟女に変貌した久仁子先輩のタイトスカートの裾がずり上がり、付け根ギリギリまで露わなムッチリとした太ももが写っていたのだ。

「去年、俺が会社を辞めるまでは、こんなにエロくはなかったぞ」

「私も驚いちゃった。成績をあげるために女の武器も使わなきゃならないから大変だって言ってたから、このお色気で取引先とかに取り入ってるのかもしれないわ。ねえ、この写真を見ても、その気にならない？」

「そうだな。明穂がそこまで言うなら、俺はかまわないよ」

分かりやすいのが、晃司のいいところだ。ご褒美に私のステーキを半分切って晃司の皿に載せてやると、晃司は脂身も残さずきれいに平らげた。

江戸の仇《かたき》を長崎で、という言葉そのままに、自分を蹴落として出世した上に、妖艶な美熟女に変身したかつてのライバルをセックスで屈服させる……いつにも増して旺盛な食欲を見て、そんな歪《ゆが》んだリベンジを考えているのかもしれないと思った。久仁子先輩はいい先輩だったが、夫のリベンジに協力する妻として、レズビアンに目覚めた女として、久仁子先輩をイカせまくるつもりだ。

スワッピングの場所に指定されたのは、湘南《しょうなん》の海岸沿いの高台にあるホテルのスイートルームだった。不倫映画のロケが行われたこともあり、その後、不倫の名所としても知られるようになった。久仁子先輩から、ルームサービスでディナーとワインを用意するので、何も食べずに来るようにと言われた。

土曜日の夜七時、最上階のスイートルームのドアをノックすると、白いバスローブ姿のご主人が出迎えてくれた。

「いらっしゃい。二人ともよく来てくれました。久仁子の夫の福田孝雄《たかお》です」

新聞記事で見た福田さんはひげを生やしていなかったが、今は鼻の下に口ひげを生やしている。晃司とは二歳しか離れていないはずなのに、風格を感じさせる落ち着きを持つイケメンだ。こんな人に猛烈に口説かれれば、久仁子先輩でなくてもその気にさせられてしまうだろう。

「今日は、お招きいただき、ありがとうございました。大和田晃司と家内の明穂です。よろしくお願いします」

内心で今日は来てよかったと思いながら、挨拶は晃司に任せて控えめな妻を演じた。

福田さんの後についてリビングに入ると、赤いキャミソール姿の久仁子先輩が中央に置かれたソファーに座っていた。背もたれに背中を預けて脚を組み、恐らくはスパークリングワインが入ったグラスを手にして寛《くつろ》いでいる。

風呂上がりなのか、豊かな黒髪をシニョンにまとめ、剝き出しの肩や腕、ムッチリした太ももが、ほんのり桜色に染まっている。パンティーは分からないが、ノーブラなのは明らかだ。のっけからエロさ全開で、女の私でさえ、久仁子先輩の意気込みに圧倒されそうだ。

先輩はグラスをテーブルに置き、晃司の目の前に立つ。

「お久しぶりね、大和田くん……元気？」

「ああ、元気さ。久仁ちゃん……いや、福田さんも元気そうで何よりだ」

「主人の前だからって、そんな改まった呼び方はよして。以前の通り、久仁ちゃんでいいわ」

「さあ、さあ、挨拶はそのくらいにして、お二人はシャワーを浴びてこられたらどうかな？　私たちは、お先に失礼したので」

福田さんに促されるままに二人でバスルームに入り、服を脱ぐと、晃司は早くもペニスを勃起させていた。

「まあ、もう久仁子先輩のお色気にやられたのね」

「まあな。あんなにエロい姿を見せられて、勃たない方がおかしいだろ？」

私も久仁子先輩とレズりたいと思っているせいで、晃司のそんな開き直りにも腹が立たない。先に私がシャワーを浴びてサッと汗を流し、両手にボディーソープをつけて晃司の勃起ペニスの亀頭の先端から肉茎の根元、陰嚢の裏側まで洗ってやる。

私は家を出る前に、全身を入念に洗い清めてきたからいいけど、晃司は管理人の仕事を終え、ユニホームから私服に着替えただけでやって来た。妻としては、異臭を放つ夫の生殖器官をほかの女にゆだねるわけにはいかない。そんなことを考えながら洗っていると、いつしか本格的な手コキになっていた。

「おおっ！　気持ちよくしてくれるのはありがたいけど、気持ちよすぎて射精したらどうするんだ？」

ヒクつき始めた晃司の勃起ペニスに、慌てて冷たいシャワーを浴びせ、ソープの泡を洗い流してやった。

二人とも備えつけのバスローブを着てバスルームを出ると、福田夫妻はリビングではなく、ベッドルームにいた。仁科夫妻とのときのように先に食事をするものと思っていた私たちは、少し驚いた。それに気づいた久仁子が言い訳する。

「いいえ、私たち、焦ってるわけじゃないのよ。ねえ、あなた」

久仁子先輩がご主人に助けを求める。

「ええ、お二人もお腹が空《す》いているとは思いますが、いろいろとスワッピングのことを気にしながら食事をするより、先にやることをやってからの方が落ち着いて食事やワインを楽しめると思って」

「その通りですね。俺たちもその方がいい」

キャミソール姿の久仁子先輩の半裸身を見て、バスローブの中でまた勃起させているに違いない晃司が即答した。もちろん、私も異存はない。

「よかった。じゃあ、大和田くんと明穂ちゃんはベッドに上がって、仰向けになってね。まず最初は、私たちがおもてなしするわ」

仁科夫妻とスワッピングしたときも同じだった。ネットか何かに、招待した側が先にサービスするのがスワッピングのマナーだとでも書いてあるのだろうか。とにかく言われるままに、二つ並べられたキングサイズのベッドにそれぞれ寝転がる。なんだか夫婦揃って手術されるのを待っているような、妙な気分だ。スワッピング上級者の仁科夫妻の場合は、こんな気分は感じなかった。

私の右に福田さんが添い寝し、晃司の左に久仁子さんが添い寝した。私と晃司が内側に、福田夫妻が外側に横たわる形だ。

福田さんが私に腕枕して顔を寄せ、唇を重ねてきた。スパークリングワインの甘い匂いがする。ガツガツと貪るような晃司のキスとは違って、あくまでもソフトなキスで、身体中の力が抜けていく。

「はあんっ！」

思わず喘ぎ声を漏らすと、歯列の間に舌を忍び込ませ、私の舌を絡め取る。なんてキスの上手な人だと思った。

「大和田くん、私、前からこうしてみたかったの」

背後から久仁子先輩の甘えるような声がした。背中を向けているので見ることはできないが、晃司と久仁子先輩もキスをしているのだろう。

二人に気を取られていると、福田さんの手でいつの間にかバスローブの胸をはだけられていた。女の扱いには慣れているようだ。

「なんてきれいな胸なんだ。大きいけど張りがあって、乳首は熟れたサクランボのように可憐でおいしそうだ」

「福田さんの方こそ、とっても素敵。キスだけで……うっとりです」

「じゃあ、これはどうかな？」

福田さんは唇を私の顎《あご》から喉へと滑らせ、右の乳房に移動させると、サクランボのようだとほめてくれた乳首をくわえた。そして、こちらもソフトに吸いながら、乳首の周囲をなぞるように舌先を回転させたかと思うと、舌先で往復ビンタするように嬲る。乳首がたちまち硬くシコるのが分かった。ブラシのような濃い口ひげが、乳輪をチクチクと刺激するのも心地よい。

気がつくと、左の乳首は福田さんの右手の親指と人差し指、中指の三本指でつままれ、優しくこねられている。複数の動作が同時進行し、すべての動きが滑らかで、そつがないのだ。

左右の乳首をたっぷりと吸った後、福田さんは私のバスローブの紐を解き、前を大きくはだけた。そして、大きく開かせた私の脚の間にひざまずき、唇をみぞおちから臍、下腹へとゆっくりと下げていく。

「ああんっ！　福田さんのひげがチクチクするのって……気持ちいいわ」

そう言いながら、あまりにゆっくりした動きに焦《じ》れて、最後には私の方から腰を浮かせ、無毛の陰核包皮に唇を誘ってしまった。

「うちのと違って、きれいにしていますね。これなら思う存分に舐められる」

福田さんはようやく陰核包皮に唇を被せ、割れ目に挿入した舌でクリトリスを舐める。これもあまりにソフトだ。あくまでもソフトなタッチで愛撫し、女を焦らす作戦らしい。クリトリスをもっと強く嬲ってもらいたくて、またもや腰を突き上げそうになったが、辛うじて我慢した。

隣のベッドでは、私と同じように大きく開いた晃司の脚の間に久仁子先輩が正座し、右手で完全勃起した晃司のペニスを握り、左手のひらに両の睾丸を載せてあやしている。赤いキャミソールを片肌脱ぎしてこぼれ出た右の乳房に、晃司が手を伸ばし、指先で乳首をこねている。シニョンにまとめていた髪がほどけて顔を半分ほど隠し、久仁子先輩が左手でその髪をかき上げた。その仕草は、女の私の目から見ても、なんとも色っぽい。

「どう？　大和田くん、気持ちいい？」

私が初めて聞く、久仁子先輩の甘く蕩けるような声だ。

「ああ、久仁ちゃんの手コキ、すごく気持ちいいよっ！」

晃司は恥ずかしげもなく腰を突き上げ、快感を露骨に表現する。

「じゃあ、これはどうかしら？」

久仁子先輩は晃司の股間に顔を伏せ、天を衝く勢いの勃起ペニスをくわえ込んだ。そして、頬が凹むほど強く吸引しながら、頭を上下に激しく振る。ご主人とは対照的に、最初から情熱的な責めを繰り出している。

「おおおっ！　久仁ちゃんのフェラチオ、最高だっ！」

久仁子先輩がフェラチオに移ったのを機に、福田さんは大きくほころび出た私の小陰唇を口に吸い込み、内側のヒダヒダを舌でなぞってくる。

「はうっ！　福田さん……そ、そんなに強く吸われたら、は、恥ずかしいビラビラがもっと大きくなっちゃうわっ！」

「でも、気持ちいいんでしょ？　ビラビラに血が集まって、満開の薔薇のように咲いてますよ。ちょっとくすんだピンク色で、とってもきれいだ」

「そ、それならいいけど……じゃあ、もう少し強く……お、お願いします」

「いいですよ。これなら、どうですか？」

福田さんは小陰唇を思い切り吸いながら、クチュクチュと甘噛みしてきた。

「はうううんっ！　こ、こんなクンニは初めてっ！　気持ちよすぎるっ！」

膣穴から大きくはみ出した小陰唇はコンプレックスだったけど、こんなに気持ちいいのなら、晃司に毎晩でもやってもらわなきゃ。

「く、久仁ちゃん……それ以上されたら、久仁ちゃんの口の中に出してしまいそうだっ！」

勃起ペニスの根元まで呑み込むディープスロートをしていた久仁子先輩が、一段と体積を増したように見えるペニスを吐き出し、手コキを加えながら、また甘く蕩けるような声でささやく。

「出してもいいのよ。大和田くんの精液、飲んであげるわ。二回戦もできるんでしょ?」

「そ、それはできるけど、久仁ちゃんのオマ×コにはギンギンに勃起したチ×ポを突っ込みたいんだ。フェラは十分に堪能したから、今度は久仁ちゃんのオマ×コを舐めさせてほしい」

「えっ。いいの? 私のオマ×コ、ちょっと独特の匂いがあるの。主人は気に入ってくれてるっていうか、もう慣れたみたい。大和田くんの嫌いな匂いじゃなきゃいいけど……」

「久仁ちゃんの匂いなら、どんな匂いだって好きだよ」

晃司は起き上がると、久仁子先輩のキャミソールを頭からむしり取り、仰向きに寝かせた。

白蛇のように艶めかしくうねる裸身が現れた。久仁子先輩はパンティーも穿いておらず、福田さんが言った通り、漆黒の陰毛が見えた。かなりの剛毛だ。

でも、晃司はそんなことは気にならないらしい。

「きれいだっ! 久仁ちゃん、それにオマ×コのあたりから、とってもいい匂いがしてくるよ」

「ほ、本当？　嫌いにならない？　気に入ってくれるかしら？」

「もちろんさ。匂いを嗅ぐだけじゃなく、味見もさせてもらうよ」

晃司は久仁子先輩の膝の下に両手をあてがい、グイッと思い切り持ち上げる。

久仁子先輩の両脚がM字に開き、膣口は天井を向いた。

隣のベッドに仰向けになっている私からは見えないが、久仁子先輩の股間では漆黒の密林の間から、生殖器官が生々しく剥き出しになっているのだろう。

「久仁ちゃんのオマ×コ、パックリと割れたウニの殻の間から、きれいな赤い身が顔を出しているみたいだ。磯の香りも漂っていて、おいしそうだよ」

久仁子先輩は恥ずかしさから枕に顔を埋めている。

「そ、そんなこと解説しなくていいから、私のオマ×コの匂いと味……ほ、本当に気に入るかどうか、早く確かめてみてよ」

晃司は久仁子先輩の股間に顔を埋めるとき、なぜか泣きそうな顔をしていた。

「ああんっ！　ようやく、夢がっ！　大和田くん……晃司くんっ！」

久仁子先輩の喘ぎ声にも、どこか悲しそうな響きがある。二人とも、ずっと焦がれに焦がれていた宝物がようやく手に入り、うれしさのあまり泣きそうになるといった感じだ。

一人は昔、お互いに思い合っていたのかもしれない。でも、ちゃんとつき合い始める前に運命の悪戯で、久仁子先輩は福田さんと、晃司は私と結婚した。お互いに別の相手と結婚した後も、相手への思いを熾火《おきび》のようにくすぶらせ続けていたに違いにない。私たち夫婦が出演したフィットネスクラブのCMを見て、久仁子先輩の心の奥でくすぶっていた晃司への思いが燃え上がり、夫をそそのかしてスワッピングを申し込んできたのかもしれない。スワッピングならお互いの夫婦関係を壊すことなく晃司とセックスできるというわけだ。

晃司が最初、久仁子先輩夫婦とのスワッピングに乗り気でなかったのは、会社での出世競争に敗れてリストラされたからだけではなく、自分を捨ててほかの男と結婚した久仁子先輩へのわだかまりがあったからではないだろうか。でも、以前よりも数段いい女になった久仁子先輩のエロい写真を見て、やはり晃司の中にくすぶっていた久仁子先輩への思いが燃え上がった。リベンジや敵討ちなんかではなかったのだ。

「久仁ちゃんのオマ×コ、とってもいい匂いがして、とってもおいしいよっ！」

「よかった。うれしいわ」

晃司と久仁子先輩はやはり、スワッピングの相手としてではなく、恋人同士としてセックスしようとしている――そう考えると、急に嫉妬心が湧いてきた。

小陰唇を吸いながらクチュクチュされるクンニも気持ちいいけど、私が福田さんにサービスするところを晃司に見せつけて、嫉妬させなければ気が済まない。

「福田さん、私もおフェラしたいわ。シックスナイン……いいでしょ？」

私は返事を待たずに福田さんと身体を入れ替え、邪魔なバスローブを脱ぎ捨てると、仰向けになった福田さんの顔を跨いだ。そして、「失礼します」と断って腰を下ろして顔騎した。

福田さんのバスローブの前をはだけると、現れたペニスは、予想に反してダラリとしたままだった。「うちは駄目ね。結婚して十五年もたつと、マンネリで」という久仁子先輩の言葉を思い出した。だったら、なおさらだ。私の魅力とテクニックでギンギンに勃起させて、晃司や久仁子先輩に聞こえるように、福田さんに歓喜の声を上げさせてやる。

尻山の位置を調節し、小陰唇の大きいビラビラで福田さんの口をスッポリと覆い、肛門の窄まりに鼻をはめ込んだ。

「うぐっ！」

福田さんは私のオマ×コに声にならない呻きを発したが、無視してダラリとなったままのペニスを右手でつかむ。萎えているときにこの大きさなら、勃起すれば、そこそこの大きさになるだろう。

私は福田さんの顔の上で腰をグラインドさせながら、萎えたペニスを根元までくわえ込むと、強く吸引しながら頭をゆっくりと引き上げていく。唇が亀頭のエラに触れると、舌で亀頭全体を舐め回す。左手で両の睾丸を揉み込むことも忘れていない。そして、亀頭をひとしきり舐めたところで、またペニスの根元までくわえ込む。このスローなフェラチオを根気よく十回ほど繰り返すと、福田さんのペニスはようやく半勃ち状態になった。

私は福田さんの顔に置いた尻山に改めて体重をかけると、右手に握った半勃ちペニスを垂直に立ててしごきながら、左手のひらで亀頭を包むようにズリッ、ズリッとこねる。

「うぐっ！　うぐっ！」

福田さんは私の膣穴に呻き声を噴き上げ、腰をくねらせる。シックスナインには今一つ反応が鈍かった福田さんだけど、顔面騎乗と手コキと亀頭責め合わせ技が快感中枢を刺激したらしい。その証拠に、ペニスが一気に完全勃起した。

「福田さんのオチ×チン、このままいただきますね」

福田さんの顔に載せていた尻山を胸からみぞおち、下腹へと移動させた。振り返ると、福田さんの顔から下腹にかけて、大きなナメクジが這ったようなぬめりが続いている。顔面騎乗している間、福田さんの口ひげで会陰や小陰唇をチクチクと刺激され、あふれ出た私の蜜液だ。

福田さんに背中を向けたまま、勃起ペニスを膣穴に迎え入れた。太さはそれほどでもないが、長さは晃司の勃起ペニスより長い。尻山が福田さんの下腹に密着すると、亀頭の先端が子宮口を押し上げてきた。密着させたままグラインドさせると、亀頭に子宮口を嬲られているのがよく分かる。

「はうっ！　福田さんのオチ×チン、長くて素敵っ！　オマ×コの奥が……き、気持ちいいわっ！」

「わ、私も、気持ちいいっ！　明穂さんの子宮口で……き、亀頭をグリグリと手コキされてるみたいだっ！」

子宮口だけでなく膣穴全体で福田さんの勃起ペニスを感じたくて、膣口で根元をキュッと締め上げ、膣洞粘膜で肉茎部分をヤワヤワと絞っていく。

「おおおおっ！　これはすごいっ！　こんな風にチ×ポの先から根元まで責めら

れるのは初めてだっ！　明穂さんのオマ×コ、すごい名器だっ！」

「じゃあ、これはどうかしら？」

福田さんにほめられて気をよくした私は、福田さんの膝に両手をつき、腰を上下左右に暴れさせる。ベリーダンスで鍛えた腰遣いだ。

私の膣穴の中は、福田さんの細長い勃起ペニスがマドラーのように粘膜や子宮口をかき混ぜている。さらなる快感を求めて、膣穴の締めつけと腰の振りを強めた矢先だった。

「おおおおおおっ！　明穂さん……も、もう駄目だっ！」

福田さんは突然、腰を突き上げると。子宮口に精液をしぶかせた。

「ええっ？　もう……ですか？」

さあ、これからというときにイカれて、とんだ拍子抜けだ。

「申し訳ない。明穂さんのオマ×コが気持ちよすぎて……」

中途半端な快感で放り出され、嫌味の一つも言いたくなったが、隣で晃司と久仁子先輩が正常位で交わっているのを見て、気を取り直した。

大の字に伸びてしまった福田さんから下りて、晃司の勃起ペニスをリズミカルに突き入れられて喘ぐ久仁子先輩の右側に添い寝する。

「ご主人たら、私のオマ×コが名器すぎるって言って、私がイク前に、もうイッちゃったんですよ」

背中を反らして喘ぐ久仁子先輩の耳に息を吹きかけながらささやくと、先輩は驚いた様子で振り向いた。

「ええっ？　あの主人を勃たせた上に……もうイカせちゃったの？」

「そうなんです。私、中途半端で……困ってるんです。先輩が責任を取って、私をイカせてくださいね」

「はうんっ！　せ、責任って、どう取ればいいの？」

「先輩とレズりたいんです。いいでしょ？」

「晃司さんのオチ×チンを受け入れながら、レズプレーをしろって言うの？」

「そうですよ。私、先輩のことが昔から大好きだったんです。だから、大好きな先輩に、責任を取ってもらいたいんです」

「わ、分かったわ。私も、明穂ちゃんとだったら……いいわ」

すかさず久仁子先輩に口づけし、唇を割って舌を挿し入れる。すると、久仁子先輩が私の舌を強く吸い返してきた。

「おおおおっ！　明穂が久仁ちゃんとキスしたら、オマ×コがキュッと締まったぞ。明穂、もっと久仁ちゃんを責めてみてくれ」

久仁子先輩の乳房は、大きくはないが、仰向けになっても崩れず、頂点に桜色の乳首と乳輪がある。私はまず手前にある右の乳首に吸いつき、舌で舐め回しながら、右手の親指と人差し指、中指の三本で左の乳首をひねる。先輩の喘ぎ声が途端に大きくなった。

「はううううんっ！　晃司くんとセックスしながら、後輩の明穂ちゃんに胸を愛撫されてるなんて……ゆ、夢にも思わなかったわっ！」

「嫌じゃないでしょ、久仁子先輩？」

「嫌じゃないけど……ぎゃ、逆に気持ちよすぎて、怖いっ！」

私はだんだんと、追い詰めた鼠《ねずみ》をいたぶる猫のような気持ちになった。

「気持ちいいのなら、怖がることはないでしょ。先輩をもっと可愛がって、気持ちよくしてあげますね」

左の乳首を愛撫していた右手を、久仁子先輩のみぞおちから下腹へとゆっくりと下ろしていく。指先が先輩の恥丘を覆う剛毛に達したとき、先輩はその行き着く先が分かったようだ。

「や、やめてっ、そんなことっ！　い、今そこをいじられたら……き、気が狂ってしまうわ」

「いいえ、やめないわ。ＯＬ時代にお世話になった先輩には、とことん気持ちよくなってもらうんです。覚悟はいいですね？」

人差し指と薬指を剛毛の中に忍び込ませ、陰核包皮を割り広げる。中指でその割れ目の奥にひっそりと息づくクリトリスをほじり出すと、親指と人差し指、中指の三本でこねるように嬲ってやる。

「あああああああんっ！　だ、駄目よ、そんなことっ！　き、気持ちよすぎるうううううううっ！」

もしも晃司と正常位でつながっていなければ、久仁子先輩は腰を高々と持ち上げて身体を反らし、大きなブリッジを描いていただろう。でも、晃司の勃起ペニスで腰を固定されているため、背中をのけ反らせることしかできない。

「先輩、イッていいんですよ。私の指でクリちゃんをいじられながら、晃司のチ×ポでオマ×コをズコズコされてイクんです」

「嫌よっ！　クリトリスから手をどかしてっ！」

「晃司のチ×ポだけでイキたいんですか？　でも、晃司のチ×ポは妻である私のものですからね。わがままを言う先輩には、こうしますよ」

夫婦して勝ち組の上に、晃司まで独占しようとする欲張りな先輩を、もっといじめなければ気が済まなくなっていたのだ。

「晃司はまだ射精せずに頑張っているのに、先輩のご主人は早々と私のオマ×コにお出しになりました。だから、先輩はその責任を取って、レズプレーの仕上げに私のオマ×コをきれいにしてください」

久仁子先輩のクリトリスを嬲りながら、先輩の顔を跨ぎ、ご主人が放出した精液で汚れた膣穴を顔に押しつけた。先輩は私の股間に悲鳴をぶちまけるが、私はクリ責めを続け、尻山を載せた先輩の顔に全体重を預ける。晃司も勃起ペニスのストロークのテンポを上げ、下腹と下腹を激しくぶつけ合う。

晃司の身体を挟みつけた久仁子先輩の太ももや尻山の肉がプルプルと細かく震え、断末魔が近いことが分かった。

「先輩、どうぞ心置きなく……イッてくださいね」

私は久仁子先輩に顔騎したまま、赤く腫《は》れ上がったクリトリスの根元に血がにじむほど強く爪《つめ》を立てた。

その直後、久仁子先輩は驚くべき背筋力を発揮して全身を反り返らせ、私と晃司を跳ね飛ばすと、限界まで大きく開いた口から獣のような咆哮《ほうこう》を放ち、晃司の勃起ペニスが抜けた膣穴から大量のイキ潮を噴き上げる。

「はおおおおんっ！　お、お潮が……止まらないわっ！」

久仁子先輩の絶叫もイキ潮噴射も十秒近く続き、晃司もベッドのシーツもイキ潮まみれになってしまった。久仁子先輩の顔は私の蜜液とご主人の精液と自らの唾液に汚され、せっかくの美貌が台無しだ。

「こ、こんなに感じて、こんなに激しくイッたのは、は、初めてよ」

久仁子先輩は高々と掲げていた腰を落とすと、それだけを告げ、絶頂の余韻に真っ白な裸身を悶えさせ続けた。一方、晃司のペニスはなんと、勃起したままだ。私もイキそびれた。

「晃司も、久仁子先輩の中でイカなかったの？」

「ああ、久仁ちゃんのあまりに凄まじいイキッぷりに圧倒されて、イクのを忘れてたよ」

久仁子先輩の腰や太ももがプルプルと痙攣《けいれん》していたということは、膣穴の筋肉も相当激しく晃司の勃起ペニスを締め上げていたはずだ。それでもイカなかったとは、なんて頼もしい夫なのか。妻として誇りに思った。

それに引き換え久仁子先輩のご主人は……と、隣のベッドを見ると、福田さんは、イキ潮浸しのシーツの上で悶え続ける自分の妻の顔を覗き込んでいた。

「ああ、久仁子、きれいだ。なんて……きれいなんだ」

夫婦ともども先にイッてしまうなんて、いい気なものだ。

そんな先輩夫婦は放っておいて、私は晃司をバスルームに誘った。私は股間がべとついて気持ち悪かったし、晃司は久仁子先輩のイキ潮まみれだ。

晃司をシャワーの下に立たせると、私は自分の身体にボディーソープを塗りたくり、晃司の身体に抱きついた。そして、身体全体をスポンジ代わりに晃司の身体を洗っていく。

「ああ、明穂、ありがとう。気持ちいいよ。明穂は後でイカさせてやるから、このまま手コキかフェラでイカせてくれるか?」

「いいわよ。どっちがいいの?」

と、そのとき、バスルームの扉が開いた。

「どっちも駄目よっ!」

振り向くと、噴き残したイキ潮を股間から垂らしている久仁子先輩が、鬼気迫る表情で立っていた。

「晃司くんには、なんとしても私のオマ×コでイッてもらうわ」

　女としての意地ばかりではなく、好きだった男の精子を一度は浴びたいという女としての本能が、そうさせているのかもしれない。まあ、スワッピングの誘いを受けた以上は、それも仕方ないだろう。

「明穂、いいのか？」

「いいも悪いも、スワッピングなんだから……。でも、先輩、ご主人は？」

「私の激しい絶頂を見て、なんだか毒気に当てられたみたい。情けないったらありゃしないわ」

「久仁ちゃんは、あんなに激しくイッた後で……大丈夫なのか？」

　久仁子先輩はそれには答えず、バスタオルを二、三枚重ねて洗い場の床に敷くと、その上に晃司を寝かせ、騎乗位でつながる。天を衝く勢いの勃起ペニスが、一気に根元まで呑み込まれた。

　久仁子先輩は晃司の胸に両手をつき、尻山を晃司の下腹に密着させたまま腰を大きくグラインドさせたり、前後にしゃくる。かと思えば、勃起ペニスが抜け出る寸前まで腰を持ち上げては、ドスンと落とす動作を繰り返す。

「おおっ！　一度イッたばかりというのに、いい締めつけだ」

「よかったわ。今度こそ、私の中でイッってね」

いくら許可したとはいえ、正式な妻の前で、二人ともよくもヌケヌケと言ってくれるものだ。二人がセックスするのを、ただ指をくわえて見ているという手はない。何かないかと見回して、アメニティーとして浴室に備えつけの保湿用ローションのボトルを見つけた。

仁科夫妻とのスワッピングの後、アナルセックス好きの夫妻からいつ誘われてもいいように、夫婦でときどきアナルセックスを楽しんでいる。最近では、後ろ向きの騎乗位や後背位でセックスしている最中に、晃司が私の肛門に指を挿入する二穴責めも覚えた。

今日はその気持ちよさを久仁子先輩にも教えてあげると同時に、私の指で初アナル絶頂させることで、久仁子先輩が晃司と二人きりの世界に浸るのを邪魔してやろうと思いついたのだ。

久仁子先輩の背中を押して前に倒すと、先輩は晃司に抱きついて唇を重ねる。私がキスも許したと思ったのだろう。

「晃司、久仁子先輩を抱きしめていてあげてね」

晃司が両腕を久仁子先輩の背中に回すと、先輩は器用に腰だけを動かして、晃司の勃起ペニスを貪り食う。ベリーダンスを習っている私だって、これだけ激しく腰だけを動かすのは難しい。そこだけ別の生き物のようだ。

ボトルの蓋《ふた》を開け、その腰の動きに合わせて、尻山の谷間に保湿ローションを垂らす。

「ひっ！　な、何をしたの？」

「先輩のお尻の穴を……可愛がってあげようと思って……」

「お、お尻の穴って……どうして？」

「どうしてって、決まってるでしょ。先輩にもっと気持ちよくなってもらうためですよ。私たち、ときどきアナルセックスもしてるんです」

「夫婦で……アナルセックスを？」

「そうです。でも、いきなり先輩のお尻の穴に晃司のオチ×チンを入れるのは危ないから、今日は私の指でアナル絶頂を味わってもらいます。とっても気持ちいいんですよ」

「明穂ちゃんの指を……私のお尻の穴に？　嫌っ！　絶対に嫌よっ！」

久仁子先輩は排泄器官を責められることへの本能的な恐怖心から、腰を一層激しく動かして尻穴を庇《かば》おうとする。しかし、晃司に背中を抱きしめられている上に、膣穴には勃起ペニスが楔《くさび》のように深々と打ち込まれているので、それにも自《おの》ずと限界がある。

肛門の周囲にも、恥丘を覆っているのと同じ剛毛が密生している。私はさらにローションを垂らし、右手の中指の腹で剛毛をかき分け、肛門の窄まりにじっくりと塗り込んでいく。

「けううんっ！　く、くすぐったいっ！　でも、お尻の穴……だんだんと熱くなってきたわ」

久仁子先輩の腰の動きがようやく落ち着いたので、肉づきの見事な尻山を大きく割り開き、先輩の陰裂をじっくりと観察する。指先で確認した通り、恥丘や大陰唇を覆い尽くす漆黒の剛毛が、会陰から肛門の周辺にまでビッシリと繁茂している。その中に、セピア色の肛門の窄まりが、ひっそりと息づいている。

「先輩のお毛毛って、黒々としていて、まるでジャングルみたい。お尻の穴は、ジャングルの中に咲く可愛い花のようだわ」

「そ、そんなに近くで見つめないでっ！　お尻の穴に、息がかかってるっ！」

「でも、お尻の穴を間近で見られたり、窄まりに息を吹きかけられたりするのって、嫌いじゃないでしょ？　窄まりがヒクヒクと喜んでますよ」

「オマ×コも、俺のチ×ポをキュッ、キュッと締めつけてくるぞ」

「ああっ！　夫婦で私を……な、嬲り者にするつもりねっ！」

久仁子先輩は口では私たちを非難しながら、身体を白蛇のように蠢かせる。それはアナル嬲りから逃れようとする動きではなく、快感に身悶えしているのは明らかだ。

「先輩より、先輩のお尻の穴の方が素直ですよ。ほら、お尻の穴の窄まりが、私の指に吸いついてきていますよ」

「う、嘘よ、そんなこと！」

「先輩も強情ですね。だいぶほぐれてきたことだし、論より証拠というから、じゃあ、そろそろいきますよ。晃司、先輩をしっかりと抱きしめてあげてね」

肛門の窄まりの中心に狙いをつけてローションを垂らしながら、窄まりの奥にもローションを塗り込むように、人差し指を左右に回転させながらゆっくりと挿入していく。

「はうううっ！　ゆ、指が……入ってくるわっ！」

「先輩、どうですか？　痛くはないでしょ？」

「い、痛くはないけど……変な感じ。ちっとも、き、気持ちよくないわ」

晃司は、久仁子先輩がお尻の穴で私の指を感じやすいように、先輩の背中をじっと抱いて、腰の動きも止めている。

私は右手の人差し指にひねりを加えながら、ゆっくりと抜き差しする。その動きにつられ、漆黒のジャングルに咲いたセピア色の花のような窄まりが、肛門括約筋の内側に潜り込んだり、外側にめくれ返ったりする。

「はううううんっ！　あうううううんっ！」

静寂の中、久仁子先輩の抑えようにも抑えきれない喘ぎ声だけが、バスルームに低く反響する。

「さっきは窄まりが熱くなったように、今度はお尻の穴の内側も熱くなってきているはずです。どうですか？」

「た、確かに……お尻の中も熱くなってきたわっ！　さっきは窄まりの表面だけだったけど、今は内側からお尻全体が熱くなってきてるわ」

晃司が久仁子先輩の背中を強く抱きしめていた腕の力を緩めると、久仁子先輩は私の指の抜き挿しを肛門で受けながら、まるで晃司の下腹に杭《くい》でも打ち込むように、腰をドスン、ドスンとぶつけ始めた。無意識のうちにより凄まじい快感を求めているのだ。久仁子先輩が股間を晃司の下腹に打ちつけるたびに、豊かな尻山の肉がブルン、ブルンと波打つ。

久仁子先輩の腰の上下運動を受けて、晃司がわざと不規則なタイミングで下から腰を突き上げる。私が上になったときに、晃司がよく使う技だ。

久仁子先輩の腰の上下と晃司の突き上げのタイミングが微妙にずれるため、あるときは膣穴の最奥部まで亀頭の先端が届いて久仁子先輩に悲鳴を上げさせ、あるときは浅くしか挿入されず不満の声を漏らす。そのもどかしさがまた、快感を高めるのだ。

晃司の勃起ペニスを伝わってしたたり落ちる蜜液の量が一気に増え、久仁子先輩の肛門に抜き差しする私の指に、ローションとは違う粘液がまとわりつくようになった。肛門括約筋の滑りをよくする直腸粘液だ。

「久仁子先輩、前も後ろも、気持ちよくなってきたでしょ？　正直に言ってください」

「あああああんっ！　こ、降参よ。オマ×コもお尻の穴も気持ちいいわ。このままイカせてっ！」

「素直になったご褒美に、思い切りイカせてあげますね。晃司、久仁子先輩にもう一回お潮を噴いてもらいましょ」

「ああ、久仁ちゃん、今度は俺もイカせてもらうよ」

「あああ、晃司くん、きてっ！　私の中で出してっ！」

晃司が下から、削岩機のような勢いでガガガガッと勃起ペニスを久仁子先輩の膣穴に突き入れ、私は荒れ馬のように暴れる久仁子先輩の尻を追いかけ、肛門の窄まりに挿入した指を容赦なく抜き挿しする。

「はうううんっ！　オ、オマ×コも、お尻の穴も気持ちよすぎて……こ、腰が爆発しそうよっ！」

「おおおおっ！　久仁ちゃんのオマ×コ、俺のチ×ポに吸いついてるっ！　もうすぐ……イ、イキそうだっ！」

「いいのよ。晃司も、久仁子先輩も……思いきりイッてっ！」

と、そのとき、私の指が折れそうになるほど肛門括約筋がきつく締まったかと思ったら、久仁子先輩は突然、後ろ脚で立ち上がっていななく悍馬のように膝立ちし、天井に向かって甲高い咆哮を放った。

勃起ペニスが抜け出た久仁子先輩の膣穴から、この日二度目のイキ潮が噴き出し、晃司の勃起ペニスの鈴口から噴き上げる精液の奔流と混じり合う。

二人の長いイキ潮噴射と射精が終わると、久仁子先輩の肛門括約筋が緩み、ようやく挿入していた人差し指を引き抜くことができた。すると、先輩は糸が切れたマリオネットのように、バッタリと晃司の横に倒れ込んだ。

二人の荒い呼吸のほかに、背後から乱れた鼻息が聞こえた。見れば、目をギラつかせた福田さんがひざまずき、握り締めたペニスの先から白い液体を垂らしている。自分の妻が膣穴には男の勃起ペニスを、尻穴には女の指を激しく抜き差しされ、イキ潮絶頂する姿を見ながら、オナニーしていたのだ。

「福田さん、さっきイッたばかりなのに、オナニーで射精できたんですか？」

「久仁子が二穴責めされているところを見ていたら、ギンギンに勃起して、我慢できなくなったんだ」

結局、私だけが一度もイカずに終わってしまったが、私も含めて全員がお腹ペコペコだった。思い思いにシャワーを浴びてリビングに戻ると、バスローブを着て寛いでルームサービスのイタリア料理を食べた。

湘南の海で獲れたという真鯛《まだい》の尾頭付きのアクアパッツァを食べながら、福田さんから提案があった。今後もときどきスワッピングに応じてくれるなら、経営する輸入雑貨ショップチェーンの経理担当として、私を雇ってもいいと言ってくれたのだ。

在宅勤務の契約社員として週に五日、午前十時〜午後三時の五時間ほど働く。ボーナスや退職金はないが、マンションのローンは晃司の割り増し退職金で完済したし、いずれ晃司がマンション管理会社の正社員に昇格すれば、老後もなんとかなるだろう。晃司も賛成してくれたので、その場でOKした。

その後、福田さんは別に部屋を取るので泊まっていけと言ってくれたが、私と晃司は家に帰ることにした。つい勢いで久仁子先輩に顔騎したりアナル責めをしてしまったので、次の日の朝に顔を合わせるのが、なんとなく決まりが悪かったからだ。

福田さんがくれたタクシーチケットで家に帰ると、晃司と二人でバスルームに直行し、アナルセックスをした。久仁子先輩のセピア色の肛門の窄まりを思い出しながら、この日初めての絶頂に達し、心置きなくイキ潮を噴いた。

第五章〈昇司〉
菩提寺のお庫裏《くり》様を仏像型バイブと仏壇返しで極楽浄土に

俺たちが住む町の地名の由来になった珍萬寺の裏手にある墓地に、大和田家の先祖代々の墓がある。秋の彼岸の中日は三日後だが、月の第三日曜日のこの日、一人で墓参りをした帰りに、作務衣を着た住職の安岡如水《やすおかじょすい》に声をかけられた。

親父《おやじ》は十五年前、お袋は八年前にそれぞれ病気で亡くなったが、どちらも死んだのが第三日曜日だったので、月の第三日曜日には欠かさず墓参りをしている。

それほど宗教心に篤いわけではないが、二人が住んでいた家を売り払い、その売却益を頭金にして珍萬寺駅前商店街の裏手にマンションを買ったので、なんとなく後ろめたいところもあって毎月一回は墓参りをしている。住職はそれを知っていて、声をかけてきたらしい。

「毎月のお参り、ご苦労さまです。お急ぎでなければ、お茶でもご一緒にいかがかな？　家内の実家から送られてきた菓子があるので……」

檀家《だんか》の間で「お庫裏様」と呼ばれる彩《あや》夫人は、京都にある珍萬寺の総本山の親《しん》戚筋（せき）の出で、優雅さといい淑やかさといい、まさに京美人と呼ぶに相応しい眉目《びもく》秀麗《しゅうれい》な女性で、貴婦人の誉れも高い。安岡住職とは十歳違いというから、御年五十歳のはずだ。息子が一人おり、京都の仏教系の大学を出た後、総本山で修行中と聞いた。

普段から着物を着ていることが多いが、たまに見かけるワンピース姿では、たわわな胸、くびれたウエスト、張り出しと肉づきの見事な腰回りというメリハリの利いた抜群のスタイルが露わになり、全身の肌の色つやのよさと相俟って、アラフォーといっても通じる若々しさに輝く。つまり、優雅で淑やかなお庫裏様であると同時に、エロい身体を併せ持つ美魔女ということだ。

身長一八〇センチ、体重一〇〇キロ以上はありそうな巨漢でスキンヘッドの住職と、身長一五〇センチそこそこの彩夫人が並ぶと、まさに『リアル美女と野獣』だ。ちなみに、この辺りの大地主で目下の俺の雇い主である望月剛造と瑠璃子の夫妻と合わせて『珍萬寺町の二大美女と野獣』と言われている。

住職の後についていくと、本堂の脇にある自宅の応接間に通された。十畳ほどのフローリングの部屋の中央に、三人掛けの黒革張りのソファー一脚と一人掛けのソファー二脚が、大理石の天板のテーブルを挟んで置かれている。俺は勧められるままに三人掛けソファーに腰を下ろし、向かい側の一人掛けソファーに住職が座る。珍しく洋装の彩夫人がさして間を置かずに現れ、テーブルに茶碗と菓子を置くと、住職の隣のソファーに浅く腰かけた。

午後は真夏日になるとの予報が出ているこの日、彩夫人はノースリーブで生成りの涼し気なワンピース姿で、染み一つない肩や腕、可愛らしい膝小僧からふくらはぎが剝き出しになっている。和服のときはシニョンにまとめている黒髪が今日は下ろされていて、両の乳房がクッキリとした谷間を見せる胸元で、毛先が揺れている。今までに見かけた彩夫人の洋服姿の中で、肌の露出度は今日のワンピース姿がダントツだ。

しかも、昼前だというのに異様なまでに妖艶な、いや、エロい雰囲気を漂わせながら、なぜか恥ずかし気に目を伏せて座っている。巨漢の住職が、コホンと小さく咳《せき》をして話し始めた。

「大和田さん、あんたの家は代々この珍萬寺の檀家で、親父さんには檀家総代まで務めてもらった。そんな大和田家の嫡男であるあなたを見込んで、一つ頼みがあるんです」

檀家総代だの嫡男だの、怪異な風貌の住職の大袈裟《おおげさ》な言いように、思わず身構える。まさか、CMの出演料のことを聞きつけて、お布施の催促か？

「な、な、なんですか……頼みって」

「それは……」

住職が意を決したように話し始めると、彩夫人は顔を赤らめ、消え入らんばかりにうつむいてしまった。

「恥ずかしい話だが、わしは還暦を迎えてこの方、ほぼインポに近い状態で、最近はほとんどセックスレスで……」

「はあ」

「それで、テレビであんたたちが出ているCMを見ていて、ご夫婦ともども急に健康的で色っぽくなりなさったという話になった。ふと冗談で家内に『大和田さん夫婦にスワッピングでもお願いしてみるか？』と聞くと、家内はそうしてほしいと言ったんじゃ」

ええっ？　俺よりも十歳近く年上の五十歳とはいえ、同い年か年下にしか見えない彩夫人は、熟女フェチの俺にとって『ど』がつくほどのストライクだ。その超高嶺《たかね》の花の彩夫人の方からスワッピングの誘いとは……。

「ご住職……か、からかってるんじゃないでしょうね？」

「彩の目の前で、こんな冗談が言えるわけがあるまい。真面目も真面目、大真面目なお願いじゃ」

「す、すみません。あまりにうれしいお誘いだったので、すぐには信じられなくて、つい……」

冗談ではないと分かった途端、俺は思わずギラついた目で、耳まで真っ赤にしてうつむく彩夫人を舐めるように見てしまった。

彩夫人は、俺の目の前の黒革張りのソファーに斜め横を向いて座り、姿勢よく背筋をスッと伸ばしている。ピッタリと身体に貼りついたワンピースの布地が、脇腹から腰にかけての流麗なラインを強調する。

やはりワンピースの上からも分かるほどムッチリとした太ももの上で、両手をきつく組んでいるため、左右の二の腕に横から圧迫された両の乳房の谷間が一層クッキリと、より深くなっている。

彩夫人が硬く目を閉じてうつむいているので、スワッピングを申し込んだことを後悔しているのかと思ったが、違った。

彩夫人はうつむいたまま、目を半眼に開き、横目で俺を見た。思わずゾクッとするほど妖艶な眼差しは、発情した牝が目の前の男を値踏みする目つきそのものものだった。欲求不満の蓄積は、二カ月前にスワッピングした福田久仁子より進み、全身から匂い立つような濃厚なフェロモンが漂い出ているようだ。

俺は、彩夫人がそこに全裸で座っているような錯覚に陥り、ペニスの海綿体に血液がドクドクと音を立てて流入し、触れてもいないのに、あっという間に勃起した。彩夫人は俺のズボンの前が膨らむのを目ざとく見つけ、唇の端に笑みを浮かべた。

それまで俺は、小柄な彩夫人が巨漢の安岡住職に組み敷かれ、責めさいなまれる姿ばかりを想像していた。しかし、見る者の魂を引きずり込むような魔女的な微笑みを見て、逆に、仰向けに寝た住職の腰に跨がり、勃起ペニスを呑み込んだ腰を激しくしゃくり上げる彩夫人を思い浮かべた。

そんな彩夫人から無理やりに視線を剝がして住職を見ると、やるべき役割は果たしたとばかりに、うまそうに菓子を食べ、茶をすすっている。

「問題は、あんたの奥さん……そう明穂さんといったかな……が、わしを受け入れてくれるかどうかだな。奥さんがどうしても嫌だというなら、そのときは仕方ない。わしとあんたと二人で、彩を責めるとしよう」

彩夫人は相変わらず、俺を横目で見つめている。住職が「二人で彩を責めよう」と言った瞬間、その目に宿る淫蕩《いんとう》の光が強まるのが分かった。

　結局、俺はせっかくの京銘菓の味も分からないまま、彩夫人が淹《い》れてくれたお茶で胃に流し込み、帰ってきた。

　家でテレビを観ていた明穂が、俺を見て驚きの声を上げた。

「どうしたの？　怖い顔して……お墓で幽霊でも見たの？」

　確かに俺は、顔も股間もこわばらせていた。勃起したままのペニスを明穂に手コキしてもらいながら、寺での嘘のような本当の出来事を話した。そして、住職の腰に騎乗し、勃起ペニスを貪り食う彩夫人の腰遣いを思い描き、明穂の手で射精した。

「私、仁科晴彦や久仁子先輩のご主人のようなダンディーな紳士も好きだけど、珍萬寺の住職のような大入道にも興味があったの。晃司は、あの色っぽいお庫裏様とエッチしたいんでしょ？　私はいいわよ？」

　明穂にとって俺は、分かりやすい男のようだ。

　秋の彼岸が明けて最初の日曜日は、あいにくの曇り空で、午前中から蒸し暑い日となった。俺はチャコールグレーのスラックスにワイシャツ、明穂は黒い半袖のワンピースを着て珍萬寺を訪ねると、俺たちは住職の案内で、本堂の須弥壇《しゅみだん》の裏手にある広さ八畳の座敷に通された。裏堂とか後堂と呼ばれる奥座敷だ。

「自宅の方だと、誰かが訪ねてきたときに面倒なので……ここなら誰にも邪魔されずにすむ」

親父が檀家総代をしていたときに、一度連れてこられたことがある。本堂で大規模な法要を行う際に、もろもろの仕度をする部屋だ。小学校低学年の俺にはただただ抹香臭くて、気味が悪かったのを覚えている。

今日も壁際に置かれた経机の上で香が焚《た》かれているが、少しも抹香臭くもなければ、気味悪くもない。香は何かの花のように甘く、妖しい香りが漂う。それは香そのものの香りではなく、部屋の中央に端座する尼僧の存在が、そう感じさせるのかもしれない。

座敷の中央に紫色のシーツが掛けられた二枚の布団が敷かれ、一方の布団の上に、白い頭巾を被り、白い法衣を着た尼僧が正座している。

「大和田さん、明穂さん、今日はよくおいでくださいました」

その尼僧が挨拶をして頭巾を取ると、毛先が肩に触れるロングボブヘアに縁取られた楚々として美しい顔が現れた。なんと、尼僧と思ったのは、彩夫人その人だった。

「お、お庫裏様、その格好は？」

俺の劣情をかき立てるためのコスプレかと思ったが、違った。彩夫人の代わりに住職が答えた。

「彩はわしと結婚する前、総本山の系列の尼寺で修行したことがあり、本物の尼でもあるんです」

「ええっ？　お庫裏様が……本物の尼さん？」

「まあ、その尼寺でちょっとした騒ぎを起こしたために還俗させられて、わしと結婚したという次第です」

と、そのとき、急に曇り空の雲が晴れたらしく、彩夫人の背後にある窓の障子越しに初秋の陽光が射し込んだ。すると、後光の中に彩夫人の身体の輪郭がくっきりと浮かび上がる。

彩夫人は、薄い紗《しゃ》の法衣の下には何も身に着けていなかった。目を凝らすと、シースルーの生地を透かして、小柄な身体には不似合いなほどたわわな乳房、その頂点にある乳首と乳輪が見える。

「お、お庫裏様、その格好は！」

明穂も口をあんぐりと開けたまま、彩夫人を眺めている。

「これは、私が京都の尼寺で修行をしたときに着ていた法衣です」

俺と明穂の驚きをよそに、彩夫人は平然とした様子で答える。

「そ、それは分かりますが、その下は……」

「尼の正装は着るのも脱ぐのも大変なので、身に着けるのはこの法衣だけにしました。夏用の法衣ではありますが、まだ残暑も厳しい折り、お二人に喜んでいただけるかと思い、着てみましたのよ。まさか裸でお二人をお迎えするわけにはいきませんでしょ？」

鎌倉時代に創建された由緒ある古刹のお庫裏様であり、スケスケの法衣をまとっただけの本物の尼僧、そして、元タカラジェンヌで女優の仁科初音にも引けを取らない飛び切りの美熟女でもある彩夫人と、今日これからセックスをするということに思い至り、ペニスの海綿体に血液がドクドクと音を立てて流入するのを感じた。

「まあまあ、二人ともそんなところに立っていないで、中にどうぞ」

俺の反応を面白そうに眺めていた住職に促され、座敷に足を踏み入れた。香の香りのほかに、妖気にも似た濃い牝臭が座敷中に充満している。

その淫臭で鼻腔を満たした瞬間、脳髄から股間に向かって電流のような痺れが走った。下腹の奥でズンッという衝撃が起き、俺のペニスはたちまち完全勃起を果たした。

「晃司くん、彩の淫臭はどうかな？　なかなかのものだろう？」

住職は臆面《おくめん》もなく、自分の妻の淫臭を自慢する。

「は、はい、脳みそが痺れるぐらい強烈です」

「わしもつい最近までは、この淫臭に脳髄を痺れさせられて、ほとんど毎晩のように男の精を搾り取られたものだよ。でも、さすがに還暦ともなると……晃司くんがうらやましいよ」

「男同士でヒソヒソ話なんて、いけずやわぁ。あなた、早くお支度を……それから明穂さん……こちらに」

彩夫人も痺れを切らし、思わず京都弁が口を突いて出たらしい。

スケスケの白い法衣を着た妖艶な美熟女のエロさと、上品な京言葉のアクセントとのギャップが、男の劣情をそそる。彩夫人のスケスケ法衣の白と、明穂のフォーマルなワンピースの黒との対比もまた然《しか》りだ。

彩夫人は立ち上がると、明穂の脇に立ち、ワンピースの背中のファスナーを下ろす。

「さあ、明穂さんも……邪魔なお洋服は、脱ぎましょうね」

明穂は彩夫人の淫気にあてられたように、されるがままになっている。

「け、はい、お庫裏様」

明穂は、あっという間にブラジャーとパンティーだけに剝かれた。今年の夏は特に暑かったせいもあって、明穂は近ごろはパンティーストッキングを穿かなくなっていた。

彩夫人は明穂の半裸の身体を眺め、満足げに微笑むと、自ら帯を解き、法衣を両肩から滑り落とした。

一糸まとわぬ純白の裸身が現れ、たわわな乳房の頂点に、熟れた野いちごに似た赤みを帯びた乳首が載っている。裸身の前面で色づいているのはそこだけで、下腹に翳りは見られない。

次いで彩夫人は明穂の前に立ってブラジャーを外し、パンティーのゴムに指をかけると、明穂の足元にしゃがみ込み、パンティーを足首まで引きずり下ろす。

そして、目の前にある明穂の下腹に話しかける。

「まあ、明穂さんのここも、私と同じで、お毛毛がないのね。生まれつきかしら？　それとも……」

「フィットネスクラブの、エ、エステで処理を……」

「私は生まれつきのパイパンなの。母も祖母も、うちの家系の女はみんなそうなの。腋毛も薄いのよ」

「そ、それは……手間がかからなくて……いいですね」

「若いころはコンプレックスだけど、確かに、言われてみれば、そうね。私、明穂さんのこと、気に入ったわ。次は、晃司さんね」

彩夫人は俺の前に立ち、背広の上着とワイシャツ、ランニングシャツを甲斐甲斐しく脱がせ、足元にひざまずくと、スラックのベルトを緩め、トランクスと一緒に引き下ろした。

ブルンッ！

完全勃起したペニスが腹を打つばかりの勢いで躍り出て、さっきから漏れ出ていた先走り汁が彩夫人の唇に飛んだ。

「あっ、すみません」

ハンカチを出そうにも、すでにスラックスは脱がされている。

「まあ、晃司さんのオチ×チン、元気のいいことっ！　楽しみだわ」

彩夫人は唇を舌でひと舐めすると、何事もなかったように俺の靴下まで脱がせてくれた。

明穂と俺の二人を素っ裸に剝いた彩夫人は、足元から見て左の布団に明穂を寝かせ、右の布団には一糸まとわぬ自らの裸身を仰向けに横たえる。

「さあ、晃司くんは……これを」

住職は壁際に置かれた経机の引き出しから、何かを包んだ紫色の袱紗《ふくさ》を取り出してきた。妖しい香の香りが染みついた袱紗の中から出てきたのは、二体の上半身だけの仏像だった。

黒光りする全長二十五センチほどのそれは、手に取るとズッシリと重く、シリコン製だった。大きく膨らんだ頭部には大仏の頭にあるようなグリグリがビッシリと貼りつき、ご丁寧にも、胴体部分には法衣や袈裟《けさ》が刻まれている。胸の前に腕を伸ばして合掌し、両手を合わせている部分に直径も深さも一センチほどの窪《くぼ》みがある。いかにも精巧そうな仏像型バイブレーターだ。どうやら住職夫妻にとって、これが初めてのスワッピングではないらしい。

「後で、これで彩を責めてください。底の部分にスイッチがあります。わしも明穂さんを責めさせてもらいます」

住職が自ら作務衣の上下を脱ぐと、下着は着けておらず、そのまま素っ裸になった。全裸の明穂の右に添い寝した。俺もそれに倣って彩夫人の左に横になる。俺と住職とで、彩夫人と明穂を挟む形だ。

右腕で腕枕をすると、彩夫人は筋肉のつき具合を確かめるように右手を俺の胸から腹、下腹へと滑らせ、勃起ペニスをソフトに握ってきた。

「晃司さん、本当に……どこもかしこも、たくましいわ」

「お庫裏様の手、柔らかくて……と、とても気持ちいいですっ！」

俺の胸に頬を預け、右の太ももを俺の左脚に絡めると、勃起ペニスを握った右手を上下に動かし始める。肌理《きめ》の細かい手のひらで亀頭を包むようにしてこねられると、思わず腰が浮いてしまうほどの快感だ。

「明穂さんも、彩が晃司くんにしているように、頼みますよ」

隣の布団では、明穂が住職の頼みに応じてペニスを握り、彩夫人に倣って手を上下させる。

「おおっ、明穂さんの手でさすってもらうと、わしも今日は勃ちそうだ」

仁科夫妻も、久仁ちゃん夫婦も、スワッピングに誘った方が最初にサービスしてくれたが、今日は先に女性がサービスする流れだ。

彩夫人の右手は、亀頭の先端から肉茎の根元まで勃起ペニスを満遍なくしごくだけでなく、時折り両の睾丸を揉み込む。熟練の風俗嬢も顔負けのテクニックを見舞ってきているのが、数千の末寺を統べる総本山の親戚筋の名家の出で、尼寺で修行した本物の尼僧だと思うと、快感もひとしおだ。

その快感に酔い痴れる俺の耳元で、彩夫人がささやく。

「初めてCMを見たとき、どこかで見たことがあるご夫婦だなって思ったの。そうだ、うちの檀家さんだって思い出して、主人にスワッピングのことを尋ねてもらったの」

住職は、スワッピングは自分の発案だと言っていたが、実際は彩夫人の方から言い出したことだったのだ。この寺のお庫裏様は、煩悩とは無縁のような高貴な美貌を持ちながら、煩悩まみれの淫蕩な血が流れているのかもしれない。

「まずはお口で、お互いの味を確かめましょ」

彩夫人はそう言うが早いか、勃起ペニスを握ったまま身体を起こし、俺の顔を跨ぐ。仰向けになった俺の顔の真上で、お庫裏様の股間の濡れそぼった秘仏がご開帳された。

毛穴一つ見えない真っ白な恥丘はこんもりと盛り上がり、それに続く陰核包皮を突き割って赤珊瑚色《あかさんごいろ》にぬめるクリトリスが頭を覗かせる。まるで熟れた茱萸の実のようだ。大陰唇にも色素沈着はほとんど見られず、ローズピンク色をした小陰唇の内側の粘膜には幾筋もの緻密なヒダヒダが刻まれ、十重二十重に花びらが並ぶ大輪の蓮《はす》の花のようだ。

その中心からきつい匂いを発する蜜液がしたたり落ちる。この奥座敷に足を踏み入れた途端、俺の脳髄を痺れさせた匂いの正体が、これだ。

勃起ペニスが生温かい粘膜に包まれ、亀頭がザラつく舌で舐められたと思ったら、彩夫人の腰がいきなり下りてきて、濡れそぼつ満開の蓮の花が顔に押しつけられる。淫臭よりもさらにきつい味の蜜液が、鼻といわず口といわず塗りたくられ、むせそうになる。

これが、貴婦人の誉れ高いお庫裏様のオマ×コの匂いと味なのだ！　なんと下品で、なんと美味なのか！

「ああんっ！　晃司さんのオチ×チン、とっても男臭くて、おいしいわ。私のオマ×コも存分に味わってね」

俺の目の前に彩夫人の尻山が迫り、隣でどんなことが行われているか見ることはできないが、明穂も住職の上に乗ってシックスナインをしているようだ。

「ああっ、明穂さん、チ×ポをしゃぶってくれて気持ちいいけど、ちゃんと私の顔にオマ×コを押しつけて、体重を載せてくれないと……」

「こ、こうですか？」

「そうです。もっと……うぐっ！」

それっきり住職の声が聞こえなくなったのは、明穂がいつも俺にするように、遠慮会釈なく顔騎したからだろう。俺も顔騎した明穂に対していつもしているように、彩夫人のクリトリスを責めることにした。

彩夫人のクリトリスは、サクランボのようなまん丸ではなく、茱萸の実のように縦長だ。しかも、陰核包皮から頭を覗かせているので、責めやすい。

舌を伸ばして陰核包皮を探ると、その意図を察した彩夫人が腰の位置を調整し、クリトリスの先端を俺の舌先に触れさせる。当意即妙とはこのことだ。

彩夫人は気品のある容姿に似合わず、どれだけ性戯に長《た》けているんだ！　舌を巻く思いを振り払い、舌先を陰核包皮に分け入らせてクリトリスを根まで掘り起こし、唇を窄めてスッポリと被せる。

「はうううんっ！　クリトリスを可愛がってくれるのね？　私、クリトリスを嬲られるのって、好きよ」

彩夫人は本格的なクリ嬲りを催促するように、今度は勃起ペニスを深々と呑み込み、喉奥の粘膜で亀頭を刺激する。ならば、お庫裏様のクリトリスを徹底的に嬲って、クリイキ絶頂させてやろう。

彩夫人のムッチリとした太ももを両手で抱え込むと、歯列を使って陰核包皮を割り開き、クリトリスの根元を甘嚙みしながら、舌先をスクリューのように回して根元から先端までを螺旋状に舐め上げ、舐め下ろす。

「あああんっ！　い、イタ気持ちいいっ！　こんな嬲られ方をしたの、は、初めてよっ！」

こんなのはまだ、序の口だ。甘嚙みとスクリュー舐めに加えて、唇を窄めて隙間をなくし、思い切り吸引する。大ぶりのクリトリスが引き延ばされ、さらに大きくなる。

「おおおおおっ！　く、クリトリスが……ひ、引き抜かれそうだわっ！」

蓮の花の中心からあふれ出る蜜液の量が増し、口といわず鼻といわず顔中が蜜液まみれとなり、シーツにしたたり落ちる。さらに続けると、時折り腰から太ももにかけて痙攣が走るようになってきた。それでも彩夫人は腰を暴れさせるのをじっと我慢して、俺がクリトリス嬲りを続行するように仕向ける。クリ責めがよっぽど好きなお庫裏様だ。

俺は強く吸引したクリトリスの根元を甘噛みしながら、ゆっくりと先端に向かって引き上げる。ただでさえ女性の身体の中で一番敏感なクリトリスの粘膜を、歯の先端でこそげていくのだ。

「ひいいいいいいっ！　い、痛いっ！　痛いけど、気持ちいいっ！」

これには、さすがの彩夫人も腰を暴れさせようとしたが、両の太ももを抱え込んだ腕に力を入れ、動きを封じる。そして、同じ動きを何度か繰り返した後、ヒリヒリと赤剝けしているクリトリスに、舌全体を使って唾液を染み込ませるように舐め上げ、舐め下ろす。

「はおおおおんっ！　し、染みるっ！　染みるわっ！　すごいっ！　クリトリスがだんだん熱くなってるっ！」

最後はまた基本に戻り、根元の甘噛みと吸引、そして螺旋舐めの三点セットでクリトリスを責め続けると、ついに美しくも淫乱なお庫裏様に、この日最初の断末魔が訪れた。

「イクッ！　彩。イキますっ！　イクッ！　イクゥウウウウッ！」

彩夫人は洪水のように蜜液をあふれさせる大輪の蓮の花を俺の顔にこすりつけ、

背中を反らして天井に向かって絶叫を放つ。俺に顔騎したまま数回、腰をしゃくり上げた後、布団の上に前のめりに倒れ込んだ。

「晃司くん、なかなかやりますな。クンニだけでここまで追い込まれた彩を見るのは初めてですよ」

ようやくまともに呼吸ができるようなった俺に、住職が話しかけてきた。蜜液まみれになった顔を向けて見ると、仰向けになった住職の身体の上に逆向きに覆いかぶさった明穂が、呆然とした表情でこちらを見ている。

「絶頂するお庫裏様、とってもきれいだったわ。まるで映画のワンシーンみたいだった」

俺だけがそれを見ていない。残念がる俺に、住職が先ほどの仏像型バイブを思い出させてくれた。

「さっきのバイブで、わしが明穂さんをイカせる。晃司くんもバイブでもう一度、彩をイカせてやってください」

それを聞いた彩夫人は、豊満な蛇のように身体をくねらせて仰向けになり、自ら両脚をM字に大きく開いた。最初よりも赤みを増した大輪の蓮の花が蜜液に濡れそぼち、満開に咲いている。

「晃司さん、お願いです。その仏様で……私をもう一度成仏させて、極楽浄土に送ってくださいまし」

最初にこのバイブを見たときは、住職に勧められたとはいえ、心のどこかに、由緒ある寺の美しいお庫裏様の膣穴に、こともあろうに仏像に形を似せたバイブを突き入れることにためらいがあった。しかし、そのためらいも、今の彩夫人の言葉で完全に吹っ切れた。

仏に仕える夫を持つ身の自分が仏像型バイブでイキまくる……そんな背徳感が彩夫人を捉《とら》え、酔わせているのかもしれない。その彩夫人が自ら、これで嬲ってほしいと言うのであれば、はばかる必要はない。

俺は勃起ペニスで目の前にある美しい淫花を思うさま踏みにじって散らせたいという欲望を抑え、布団の上に転がっている仏像型バイブを手に取ると、彩夫人のM字開脚の中心ににじり寄った。

隣の布団では、明穂が同じように仰向けになり、M字に脚を開いている。

「明穂さんも、彩に負けないぐらい濡れているからこれ以上の前戯は必要ないでしょう。では、いきますよ」

住職はバイブの先端を明穂の膣口にあてがい、基底部にあるスイッチを一回押した。すると、グリグリがビッシリと貼りつけられた頭がクネクネと不規則に動き始める。住職はまず、その頭だけを膣穴に潜り込ませた。

「はうっ！　仏様の頭のグリグリにオマ×コをかき混ぜられて……き、気持ちいいです」

　俺も住職を真似て、スイッチを一回押したバイブの頭を、彩夫人の膣穴に挿入する。すると、バイブのクネクネした動きに対する反動が伝わってきた。彩夫人の膣穴はバイブをきつく締めつけ、奥へ奥へと誘い込もうとしている。

「お、お庫裏様のオマ×コが、ものすごい力でバイブを引っ張り込もうとしています。なんてすごいオマ×コなんだっ！」

　俺が押し込まなくても、バイブはクネクネとうねりながら、徐々に膣穴に潜り込んでいく。彩夫人の膣洞が激しく蠕動し、仏像型バイブを引きずり込んでいるのだ。なんという恐ろしい膣穴だ。こんなところに不用意に勃起ペニスを突き入れたら、こっちがあっという間に昇天させられるところだった。

　住職はバイブを奥まで押し込み、バイブのスイッチをもう一度押した。

「お、奥まで入ってきたと思ったら……バ、バイブレーションがっ！　はうううんっ！　一緒に……ク、クリトリスまでっ！」

住職はバイブを根元近くまで押し込むだけでなく、合掌している手の部分を明穂のクリトリスに押し当てたのだ。俺もバイブの先端が彩夫人の子宮口に達するまで押し込み、合掌した手の部分を彩夫人のクリトリスに押し当てる。すると、根まで露わに屹立した茱萸の実クリトリスが、直径も深さも一センチほどの窪みにスッポリとはまり込んだ。

彩夫人もバイブのグリグリ頭に子宮口をこね回され、再び絶頂への階段を登り始めている。その上、先ほどの歯列による責めでずる剝けになったクリトリスに振動を加えたら、彩夫人はどうなるのか？ 俺は悪魔になった気分で、バイブを強く握り締め、もう一度スイッチを押した。ブ、ブ、ブ、ブ、ブーンという強烈な振動が手に伝わり、同時に彩夫人の腰が跳ね上がった。

「はおおんっ！ こ、晃司さん、ク、クリトリスが燃えるように熱いっ！」

隣の布団では、明穂も彩夫人と同様に、傷ついた野獣のような喘ぎ声を上げ、腰を激しく悶えさせている。

「晃司くん、そろそろ二人とも極楽浄土に送ってやろう。もう一回スイッチを押すんだ」

住職と同時にスイッチを押すと、今度はバイブはキュウウウウウンという音を立て始める。

「す、吸われてるっ！　クリトリスが吸われてるっ！」

明穂が悲鳴を上げた。合掌した手の窪みは、クリトリスの吸引口だったのだ。

こちらの手に伝わる衝撃から、小型掃除機並みの吸引力だと察した。

「駄目ッ！　こ、こんなの……耐えられないっ！　イクッ！　イクッ！」

「イクっ！　彩もイキます！　イクッ！　イクゥゥゥゥッ！」

明穂も彩夫人も、腰を思うさま暴れさせた後、大きく突き上げ、全身で見事なアーチを描いて硬直した。彩夫人の膣奥からバイブを押し出そうとする圧力を感じ、引き抜いた次の瞬間だった。

彩夫人の膣穴からイキ潮が勢いよく噴き上がり、俺を直撃する。住職がバイブを抜くと、明穂もイキ潮を噴き上げた。

自分の妻が大入道のような男の手でイキ潮を噴かされ、その男の妻を俺の手でイキ潮絶頂させる。しかも、その男の妻は、映画の主演女優にも劣らぬ美貌を持ち、京都の高貴な家柄の出身で、本物の尼僧であり、由緒ある古刹のお庫裏様なのだ。

今、その美しいお庫裏様が恥ずかしげもなく、俺に向かって大股開きして腰を突き上げ、生まれながらにしてパイパンの生殖器官を見せつけている。それは、赤みを帯びた大輪の蓮の花が満開に咲き、花芯から淫臭のきついイキ潮を噴き上げているのだ。

彩夫人は突き上げた腰をひと振り、ふた振りしてイキ潮の最後の一滴まで絞り出すと、イキ潮浸しの布団の上に染み一つない純白の身を横たえ、絶頂の余韻に身悶えする。古今東西のどんな画家も、これ以上に淫らで美しい危な絵を描くことはできないだろう。

住職は、やはりイキ潮を噴き終えて腰を下ろした明穂の股間に顔を伏せ、噴き残った蜜液をすすっている。それを見た俺は矢も楯もたまらず、きつい淫臭を放つ彩夫人の股間に顔を伏せ、大輪の蓮の花の蜜を吸う。膣洞の奥や小陰唇のヒダにも舌を這わせて生臭い蜜液をすすり、甘露とばかりに飲み干した。

仏像型バイブでイキ潮絶頂させた相手の蜜液をすすり終えると、最初と同じ並びで、住職が明穂に、俺は彩夫人に再び添い寝する。四人とも明穂と彩夫人のイキ潮まみれになっているので、イキ潮に濡れた布団も気にならない。

彩夫人がたわわな乳房を俺の胸に押しつけ、唇を俺の唇に重ねてくる。甘い唾液を俺の口に注ぎながら、右手で勃起したままのペニスを握る。

俺は腕枕した右腕を曲げ、ロングボブの黒髪を撫でる。細く艶やかで、豊かな髪の毛だ。

「晃司さんって、たくましいだけじゃないのね。クリ責めのクンニも上手だし、あの仏様のバイブだって、最初からあんなにうまく使いこなした人は初めてよ」

ということは、これまでに何人かが、あのバイブを彩夫人の膣穴に使ったことがあるのだ。理不尽は承知だが、俺はその男たちに嫉妬を覚えた。

「聞いてはいけないのかもしれないけど、お庫裏様にバイブを使った幸せな男たちは何人ぐらいいるんですか？」

「そうね、男の人は七、八人で、女の人も三、四人はいるわね」

「ええっ？　女の人も？」

「そうよ。私、尼寺で修行してたってご存じでしょ。その尼寺にいた尼さん全員に、私がレズの味を教えてあげたのよ。そのときはバイブじゃなくて、フィストだったけど」

「尼寺で……あ、尼さんにフィストファックを？」

「ええ。それ以来、みんな仲がよくなって、その尼寺は発展したわ。でも、誰かが総本山に密告したせいで、私はお寺から追い出されてしまったの」

住職が言っていた「ちょっとした騒ぎ」とは、このことだったのか。

「その尼さんたちが……珍萬寺にやって来てお庫裏様にバイブを？」

「それだけじゃないわ。逆に、私が尼さんのオマ×コをバイブやフィストで可愛がっている間に、主人はよく尼さんのアナルを楽しんだものよ」

「じゃあ、男たちというのは？」

「男たちは総本山の僧侶《そうりょ》たちで、私がそれぞれ相手をしてやるたびに、珍萬寺の格が上がっていったわ。それに、主人ったら、同じ坊さん仲間に私が本堂で犯されるのを須弥壇の陰から覗き見して、興奮してたのよ。坊さんが帰った後、獣のように私に襲いかかってきて、アナルに逸物を突き入れてきたわ」

大入道のような住職が妻のレズ仲間の尼僧とアナルセックスをしたり、ほかの僧侶に犯されるお庫裏様を見て勃起させたペニスを妻のアナルで鎮める……当の彩夫人と唇を重ね、手コキされながらそのシーンを頭に描くと、それだけで射精感が一気に高まってくる。

「あら、晃司さんのチ×ポ、ヒクヒクしてる。もしかして、主人が私のアナルを犯すところを想像して、イキそうになってるの？」

男の心理も生理も知り尽くした彩夫人の前では、素直にうなずくしかない。

「手コキやフェラぐらいだったらこれからはいつでもしてあげるけど、今は出しちゃ駄目よ。せっかくの濃いチ×ポ汁、オマ×コにいただかないと、もったいないわ」

ええっ？　珍萬寺を訪ねてくれれば、お庫裏様が手コキでもフェラでもしてくれるって？　本当なら、これからは墓参りが楽しくなりそうだ。

隣の布団では、やはり明穂が住職のペニスに手コキを施している。明穂の手が初めてペニスに触れたとき、「今日は勃ちそうだ」と喜んだ住職だったが、今のところはぬか喜びに終わっているようだ。

明穂は手コキを続けながら、住職の下腹に顔を伏せると、自ら進んで住職の半勃ちペニスをくわえ、頭を上下に振り始めた。住職は子供用の野球のグローブのような手を明穂の尻に伸ばし、尻山をさする。住職のペニスが完全に勃起するには時間がかかりそうだ。

俺は彩夫人の髪の毛に触れていた右手を、背中をなぞるように滑らせて腰に回した。だが、目標は尻山ではない。尻山の狭間にある肛門だ。搗きたての餅のようにに柔らかくスベスベの尻山を割り、谷間に中指を滑り込ませると、目標はすぐに探り当てることができた。

今も窄まりに蜜液を湛《たた》える肛門に中指の腹をあてると、敏感にヒクッという反応を見せた。

「ああんっ！　いきなりアナルを触ってくるなんて、やっぱりさっきの私の告白に刺激されたのね」

「い、いけませんか？　お庫裏様のお尻の穴に触っては？」

「駄目だなんて……言っていないわ。窄まりのシワにオマ×コ汁を塗り込むように、そっと触ってちょうだい」

彩夫人は膝立ちして向こう向きに俺の身体を跨いできた。肛門の窄まりを存分に眺め、触ることができるように、俺の目の前で股間を寛げ、尻山を広げてくれたのだ。

こちらが何か一つ動作を起こすと、こちらの意図を察して先回りし、次の行動を促してくる。その対応の素早さと的確さにおいて、どんな高級娼婦よりも長けているに違いない。彩夫人は、安岡住職と結婚して珍萬寺のお庫裏様になっていなければ、国内外のＶＩＰを相手にする超高級娼館でも経営して成功していたかもしれない。もちろん、最も値が張るナンバーワン娼婦は、マダム彩本人だ。

これまでにアナルセックスをしたことがあるのは女房の明穂だけだが、元タカラジェンヌで女優の仁科初音夫人と、ミニスカ美熟女市議の長谷川美帆子の肛門の窄まりは、見たり触ったりしたことがある。彩夫人の肛門の窄まりを目と指先で愛《め》でながら、二人の窄まりを思い出し、無意識のうちに比較していた。

初音夫人の窄まりは、その美しい相貌《そうぼう》に似合わず黒光りして、シワも乱れていた。美帆子市議の窄まりは、色素沈着は進んでいるものの、シワは放射状にきれいに並んでいた。

目の前にご開帳されている彩夫人のアナルは、生殖器官と同様に色素沈着は少なく、放射状に並ぶ窄まりのシワは緻密で、刻みも深い。アナル名器に違いないだろう。最近、勃起力が弱まったという住職のペニスでは、この窄まりを突き破ることができないため、あまり荒れていないのかもしれない。

まずは彩夫人の要望通り、窄まりにあてた指の腹でソフトに円周を描く。

窄まりの奥に湛えられている蜜液を、指の腹を使ってシワの一本一本に塗り込めていく。窄まりはそれを喜び、肛門括約筋は緊張と弛緩《しかん》を繰り返す。まるで窄まりがゆっくりと呼吸しているような蠢きが、指先に伝わってくる。

と、そのとき、隣の布団で、新たな動きがあった。

「おおっ！　明穂さんのフェラチオと玉揉みのおかげで、勃ってきたぞ。晃司くん、待たせてすまなかったな。もう大丈夫だ」

まるで新しい玩具《おもちゃ》をもらった子供のように、住職はいかにもうれしそうに大声で告げた。大入道のような体軀《たいく》に相応しい逸物が、股間で揺れている。

そして、明穂の手を取って二人で立ち上がると、明穂の背中を押して脚を伸ばしたまま両手を布団につかせる。明穂は四肢をピンと伸ばしたまま四つん這いになった。背後に立つ住職に尻を突き出す形だ。

「これは、江戸時代に考案されたセックスの四十八手の一つで、仏壇返しという体位なんじゃ」

彩夫人は自ら進んで明穂と同じポーズを取り、五十歳という年齢にもかかわらずほとんど弛《ゆる》みの見えない尻山を天井に向かって突き上げる。

俺も立ち上がって彩夫人の尻穴を上から見下ろすと、先ほどとは違う印象を受ける。彩夫人の膣穴がローズピンク色の大輪の蓮の花なら、肛門の窄まりは尻山の谷間に慎《つつ》ましく咲く淡い菫色の蓮華草《れんげそう》だ。

そこが排泄器官だということを忘れ、あまりの可憐さに思わず息を呑んだ。勃起ペニスは一刻も早く彩夫人の膣穴に入りたくてズキズキとしているが、その前に、こんなにも魅力的な尻穴を味わわない手はない。

「お庫裏様、この可愛らしい……ア、アナルにキスしてもいいですか？」

彩夫人は、俺がこう言い出すのを予期していたらしい。

「いいわ。アナルの窄まりを指で撫でるのと、唇と舌を遣うのはいいけど、今日はそれ以上は駄目よ。私、初対面の人とアナルセックスするほど、ふしだらな女じゃありませんからねっ！」

今日これまでの仕儀でも十分にふしだらだと思ったが、逆らいはしない。『今日は駄目』ということは、次回のスワッピングでは、名器に違いない素晴らしい肛門を、勃起ペニスで味わわせてくれると言っているのだから。

「分かりました。約束します」

「じゃあ、好きなだけ舐めて……吸いなさい」

俺は無言のままひざまずくと、尻山の谷間に顔を伏せ、肛門の窄まりにスッポリと唇を被せる。そして、思い切り吸引しながら、舌先でシワの一本一本を掘り起こすように舐めていく。

「ああっ、なんて素敵なアナルなんだっ！　お庫裏様のアナル、生臭い味がしておいしくて、鼻が曲がりそうなほどいい匂いですっ！」

「はうっ！　こ、晃司さん、アナル舐めも上手なのね。窄まりがほぐされていくのが分かるわ。あああんっ！　アナル舐めでこんなに気持ちよくなったの……初めてよ。クリ責めも、バイブ遣いもうまい上に、アナル舐めまで……明穂さんは幸せだわ」

隣を見ると、住職もスキンヘッドの頭を明穂の尻山に押しつけ、肛門に口づけし、窄まりを舐めている。

「こ、ご住職にアナルを舐めてもらえるなんて……う、うれしいですっ！」

主役の座を排泄器官に奪われ、放置された二人の生殖器官が、勃起ペニスの挿入を催促するように、蜜液をドクッ、ドクッとあふれさせる。蜜液は太ももにまでしたたり落ちている。

「晃司さん、今日はアナル舐めはもういいわ。そのカチンカチンのチ×ポを早くオマ×コに入れて、とどめを刺してちょうだい」

「ご住職も、私のオマ×コに……」

明穂が勃起させたペニスを握り締めた住職と目が合い、お互いにうなずき合った。久々のセックスを檀家の妻とする住職は、目を血走らせている。俺も、本来なら手の届かない高嶺の花のお庫裏様とのセックスに、顔をこわばらせているに違いない。

「もうっ！　晃司さんったら、何をしてるの？」

彩夫人は尻を振って催促し、明穂も尻をモゾモゾと動かしている。

「じゃあ、晃司くん、明穂さんのオマ×コ、いただくよ」

「俺も、お庫裏様のオマ×コ、ちょうだいします」

腹に貼りつかんばかりに完全勃起したペニスを手でつかんで下に向け、彩夫人の膣口に押し当てると、満開に咲いて内側の粘膜を見せていた小陰唇が、亀頭にまとわりついてくる。俺はその粘膜に亀頭を満遍なくこすりつける。

二枚にほころんだ小陰唇の内側の粘膜には、左右対称に細かいヒダヒダが刻まれていて、それが大輪の蓮の花の花びらのように見えたのだ。その緻密なヒダヒダに亀頭をしゃぶられる心地よさと言ったら……。

「お庫裏様のオマ×コのビラビラ、なんて気持ちいいんだっ！」

「男の人はみんな、そう言ってくれるわ。でも、オマ×コの中でもっと気持ちよくしてあげるから、早く入ってきてっ！」

彩夫人の流麗な柳腰を両手でつかんで固定し、亀頭の先に体重を載せる。小陰唇を巻き込みながら、きつく締めつけてくる膣口を突破し、亀頭のエラの部分まで湿り気と熱を帯びた膣穴に沈み込んだ。

「はうんっ！　は、入ったわ、晃司さんの大栗のような先っぽがっ！　そ、そのまま根元まで入れてちょうだいっ！」

彩夫人の膣洞は、想像以上に狭隘で、複雑な粘膜を持っていた。大小様々な魚卵のようなツブツブがビッシリと貼りついた粘膜を押し広げながら、亀頭を奥へ奥へと進めていく。彩夫人は背中を反らせ、侵入者を受け入れる。

「本当だっ！　お庫裏様のオマ×コ、本当に……き、気持ちよすぎるっ！」

だが、その気持ちよさはまだ、ほんの序の口に過ぎなかった。

彩夫人の尻山と俺の下腹が密着し、彩夫人が満足げにニヤリと笑った直後だった。彩夫人の膣口が勃起ペニスの根元をギリギリと締めつけ、膣穴の最奥部で待ち構えていた子宮口がパンパンに膨らんだ亀頭にしゃぶりついてくる。おまけにツブツブがビッシリと貼りついた膣洞の粘膜が勃起ペニスにまとわりつき、雑巾のように根元から先端に向かって絞り上げてくる。

京都の総本山の親戚筋に生まれ、尼寺で修行した本物の尼僧である美しいお庫裏様は、正真正銘の名器オマ×コの持ち主だった。天は、お庫裏様に名門の家柄と類い希《たぐいまれ》なる美貌、それに名器オマ×コの『三物』を与え、さらに、天与の美しさと媚肉の魅力を遺憾なく発揮して世の男たちを喜ばせるために、手のつけられない淫乱の血まで授けたらしい。もっとも、お庫裏様は天の計らいを超えて、女まで喜ばせてしまい、アナル名器まで持っているらしいけれど……。

このままでは、あっという間に射精に追い込まれてしまいそうだ。気を紛らわせるために、隣を見ると、住職が四つん這いになった明穂の尻に覆いかぶさり、杭打ち機のような激しさで勃起ペニスを突き入れている。

明穂は明穂で、住職が突き入れるタイミングに合わせて膝を屈伸させ、勃起ペニスの角度を調整している。住職の亀頭を膣穴の最も感じるポイントに誘導し、快感を高めているのだ。

彩夫人に一方的に責められて、このまま射精したのでは情けなさすぎる。玉砕覚悟で反撃に出ることにした。

右手を彩夫人の腰の脇から股間に回し入れ、クリトリスを探る。クリトリスは相変わらず大ぶりの茱萸の実のように赤く充血して屹立し、陰核包皮から半分以上が剝き出しになったままだ。そのクリトリスを親指、人差し指、中指の指先でつまみ、キュッ、キュッ、キュッとこねてやる。

「はうううんっ！　それっ、き、効くわっ！」

その言葉通り、俺の勃起ペニスを呑み込んだ膣穴から、ドクッと蜜液があふれ出る。その蜜液を左手の親指の腹ですくい、ヒクつく肛門の窄まりに塗り込めていく。右手でクリトリスをこね、左手で肛門の窄まりを愛撫し、一層きつくなった膣穴の締めつけをはねのけて勃起ペニスを抜き挿しする。

「はおおおおおんっ！　す、すごいわっ！　女の急所を……三カ所とも同時に責めてくる……なんてっ！　こんな快感、は、初めてよっ！」

彩夫人は三カ所責めの快感に耐えきれず、両腕の支えを解いて布団の上につんのめった。尻を高々と掲げている太ももの筋肉がプルプルと震えていて、彩夫人も絶頂が近づいているのが分かった。

「お庫裏様、い、いきますよっ！　いいですね？」

「きてっ！　晃司さん、きてっ！」

俺はひと際強くクリトリスをひねり上げて彩夫人に悲鳴を上げさせ、右手で柳腰の腰骨をガッシリとつかみ、下腹を尻山に打ちつける。肛門の窄まりを押し当てた左手の親指は、激しくヒクつく窄まりに呑み込まれてしまいそうだ。

「ヒイイイイイイッ！　イクッ！　イクッ！　イクッ！」

俺も彩夫人の名器オマ×コの厳しい締めつけと搾り上げを受け、下腹の奥で快感が爆発し、熱いマグマが尿道を駆け上がってくる。

「イクッ！　俺も……イクッ！」

勃起ペニスを彩夫人の膣穴に深々と打ち込み、射精の第一弾を子宮口にぶちまけたが、膣口のあまりにきつすぎる締めつけに、その後が続かない。俺はとっさに彩夫人の膣穴から勃起ペニスを引き抜き、ヒクつく肛門の窄まりに向かって射精の第二弾、第三弾を放った。そして、次の瞬間だった。

「で、出るっ！　出ちゃうわっ！」

彩夫人の絶叫が響き渡った直後、ポッカリと口を開けた膣穴から、イキ潮が噴き上がった。最初はクリトリスクンニで蜜液を洪水のようにあふれさせ、その後のバイブ責めでイキ潮を噴射し、そして今回はこの日二度目のイキ潮絶頂だというのに、小柄な身体のどこにこれだけの水分があったのかと思うほど大量で、勢いも凄まじい潮噴きだ。

明穂も住職のペニスが抜け落ちた膣穴からイキ潮を噴いたが、その量も勢いも彩夫人の足元にも及ばない。

その後、俺と明穂は風呂に入れてもらった。それは本堂と住職の自宅の間にある小さなログハウスのような建物で、湯船は五右衛門風呂だった。住職が朝の勤行の後に、薪《まき》をくべて沸かしておいてくれたのだ。

窓の外には、これから紅葉の季節を迎える裏山が見える。明穂と二人で湯船に浸かって初秋の里山の林を眺めていると、スワッピングの最中に覚えた懸念が甦ってきた。

寺のご本尊のすぐ裏の座敷で、住職夫妻と檀家夫婦がただスワッピングをしただけではない。あろうことか、お庫裏様を仏像型バイブで責め、仏壇返しの体位でつながったのだ。仏罰が下るのではないか。

明穂に尋ねると、思いも寄らない答えが返ってきた。

「私は心配してないわ。私はご住職にされるがままになっていただけだし、罰が当たるとしたら、お庫裏様を相手にさんざんいい思いをした晃司の方だもの」

その夜、家に帰ってから三十九度の熱が出て、翌日の月曜日には管理人の仕事を初めて病欠した。これが仏罰であってほしいと切に願った。

第六章〈明穂〉
白衣の女医と二人でマザコン童貞息子にリアル性教育

「大和田さん、地主の夫婦と3Pしたんですって？」

珍萬寺商店街で開業している婦人科医の岡本佐和子《おかもとさわこ》先生が、毎年十月に受けている乳がんの定期検診に訪れた私に尋ねてきた。検診が終わり、ブラジャーをつけ、ブラウスの袖に腕を通したときだった。

「さ、3Pって……なんですか？」

「カマトトぶって、しらばっくれても駄目よ。奥さんの瑠璃子さんから聞いたんだから」

いつも薄化粧で、縁なし眼鏡をかけて白衣を着た真面目そうな女医の口から、いきなり3Pなんて言葉が出てきたので、一瞬、戸惑ったのだ。

「ああ、あの3Pね。お医者様から突然、3Pなんて言われたものだから」

「あの3Pも、この3Pもないでしょ。私も3Pしてみたいの。明穂さん、お相手してくれないかしら」

佐和子先生には数年前から主治医になってもらい、いろいろと健康上の相談に乗ってもらっている。確か四十三歳、バツイチの独身で、今は高校生の一人息子の恭介《きょうすけ》くんと二人暮らしのはずだ。恭介くんは商店街で顔を合わせるたびに挨拶してくれるので、よく知っている。

「私たち夫婦と3Pしたいっていうことですか？　私の旦那《だんな》は岡本先生の白衣姿に萌《も》えみたいだから、晃司でよければ連れてきますけど……」

「いいえ、そうじゃないのよ……」

佐和子先生は急にモジモジし始め、言いにくそうにしている。もう一人が晃司じゃないとすると……。

「まさか、む、息子さんの恭介くんと三人でっていうことですか？」

「そ、その通りよ。駄目かしら？」

「恭介くんはいい子だから、駄目じゃないけど……何があったんですか？」

「あと一人を診察したらお昼の休憩時間だから、バロンで待っててもらえないかしら。十分ほどで行けるわ」

この手の話は、なぜか決まってバロンで聞くことになる。で、バロンで待っていると、佐和子先生は本当に十分でやってきた。白衣を着ていない先生を面と向かって見るのは初めてだ。

長い髪はポニーテールのままだが、濃紺のジャケットを羽織り、白いブラウスにグレーのタイトスカートという出で立ちだ。意外と巨乳で、腰回りや太ももはムッチリしている。縁なし眼鏡もかけておらず、長い睫毛《まつげ》が印象的だ。光沢のあるピンク系の口紅を塗った唇は上下ともふっくらしていて、ブラウスの胸元を突き上げるたわわな乳房、ムッチリした腰回りや太ももと相俟って、昼間なのに妙に艶めかしい。

二人ともスパゲティーナポリタンを注文した。よくある街の喫茶店のナポリタンだが、たまに食べるとおいしく感じるから不思議だ。

スパゲティーを食べながら近況を知らせ合う雑談も終わったが、切り出しにくそうにしているので、こちらから質問した。

「母親と息子が3Pだなんて、恭介くんに何かあったんですね？」

「そうなの。実は……」

佐和子先生の話は、概《おおむ》ねこんな内容だった。十七歳の高校二年生、恭介くんに初めて恋人ができた。恭介くんは童貞だが、同い年の相手はすでに何人かと経験があった。三カ月ほど前、彼女の部屋で抱き合ったはいいけれど、いざという段になって焦って、彼女の陰毛に射精した。彼女にバカにされた上に、振られてしまったというのだ。

「でも、それって、若い男の子にはよくあることでしょ？　うちの晃司も最初はうまくいかなかったって言ってたわ」

「わが息子ながら情けないと思うけど、恭介はショックのあまり女性恐怖症になってしまったの。勃起はするけど、セックスするのが怖いらしいの。それから三カ月の間、毎晩のように私の寝室にやって来て、『ママでセックスの練習をさせてくれ』ってうるさいのよ。女医である私が実の息子とセックスするわけにはいかないでしょ。だから断り続けてるけど、あんまりしつこく泣きつかれて、こっちまでノイローゼになりそうなの。それで、瑠璃子さんから３Ｐの話を聞いたとき、そうだ、明穂さんに頼んでみようって思いついたのよ」

いつもは冷静で頼りになる女医が、患者の私にこんなことを頼んでくるのは余程のことなどだろう。

「でも、私、恭介くんより二十歳近くも年上のおばさんですよ。恭介くんが、私なんかでいいって言ってくれるかどうか……」

佐和子先生の顔がパッと明るくなった。

「実は、もう聞いてみたのよ。そうしたら、明穂さんなら喜んで童貞を捨てられるって、恭介は言うの。例のフィットネスクラブのＣＭでマイクロミニスパッツとスポーツブラを着ている明穂さんや、ミニスカートを穿いて商店街を歩いている明穂さんの姿をオナニーのおかずにしているらしいわ」

そこまで言うのなら、力になってあげるしかない。この半年ほどの間に３Ｐだけでなくスワッピングも経験して、以前よりも磨きがかかった肉体とテクニックで女性恐怖症を治してみせると思ったのだ。

「分かりました。私も喜んで、恭介くんの童貞をいただきます。でも、一つだけお願いがあるの」

「何かしら？　恭介のためならなんでもするわ」

「私、瑠璃子さんにレズの味を教えられたの。だから、恭介くんとセックスするだけじゃなく、佐和子先生ともレズりたいなって」

「私と明穂さんがレズを？　う～ん」

佐和子先生はしばらく考え込んでいるが、私にはきっとＯＫしてくれるという確信があった。何年も空閨《くうけい》をかこつ佐和子先生の目に、淫靡な鈍い光が宿るのが見えたからだ。一人息子のためという言い訳もできるから、心理的なハードルは低いはずだ。案の定……。

「恭介のためなら仕方ないわ。私みたいな面白味のない女でよければ、お相手させていただくわ」

3Pを実行するのは、佐和子先生のクリニックが休診となる水曜日の午後、クリニックの二階の佐和子先生の自宅で、と決まった。


翌週の水曜日、恭介くんがサッカーの部活を休んで帰宅したとき、私と佐和子先生はリビングのソファーで抱き合ってキスをしていた。成り行きでそうなったのだが、帰ってきた恭介くんをいきなりベッドに誘うのは気恥ずかしいし、恭介くんも緊張せずにすむと考えて、敢《あ》えて見せつけることにしたのだ。そもそも男一人女二人の3Pだから、女同士が絡んでも不思議はないだろう。

私が佐和子先生とレズプレーしたいと言ったのは、元銀座ホステスの瑠璃子さんに教えられ、珍萬寺のお庫裏様の彩夫人もときどき楽しんでいるというレズの味で、バツイチ独身の佐和子先生を慰めてあげたいという純粋な気持ちに加え、クールビューティーのインテリ熟女がどんな乱れ方をするのか見てみたいという邪《よこしま》な気持ちもあった。

でも、この日、佐和子先生は私がレズテクを発揮するまでもなく、すでに発情して乱れに乱れていた。昼過ぎに佐和子先生の自宅玄関のチャイムを鳴らすと、ドアを開けるなり私を中に引き込み、いつもはポニーテールにまとめている長い黒髪を乱してすぐにキスをしてきたのだ。

「佐和子先生、い、一体どうしたんですか？」

キスをしたままもつれるようにしてリビングに入り、二人してソファーに倒れ込むと、佐和子先生はようやく話してくれた。

「五年前に離婚してからずっと、オナニーで身体の火照りを抑えてきたのよ。それなのに、ここ三カ月は毎晩のように恭介に迫られて、モヤモヤが溜まっていたの。だから、今日は明穂さんとレズプレーをするんだと思うと、朝から腰の奥が疼《うず》いて仕方なかったのよ」

佐和子先生の話では、恭介くんは恋人に振られた後、インターネットやアダルトビデオを観て女性を喜ばす方法を勉強し、毎晩のように母親にセックスを迫る中で、そうして学んだテクニックを母親の身体で試していたのだという。

「もともと探求心が強くて呑み込みが早い上に、手先も器用だから、愛撫の腕をメキメキ上げちゃって、こっちがいくら拒んでも、パジャマやネグリジェの上から胸やお股を触られただけで感じるようになっていたの」

佐和子先生は話しているうちに恭介くんの愛撫の感触を思い出したのか、発情の度が急に進んだようだ。呼吸が荒くなっている。

「おまけに、高校生とは思えないほど大きな勃起ペニスを下腹やお尻の割れ目に押しつけてくるのよ。瑠璃子さんから3Pの話を聞くのが一カ月遅かったら、きっと恭介の指と唇でイカされて、別れた主人のより大きなペニスをオマ×コに許していたかもしれないわ」

真面目な優等生という印象で童貞の恭介くんが、嫌がる母親をその気にさせ、イキそうにさせるだけのテクニックを身につけているとは……。

それから私と佐和子先生はキスをしながら、お互いに相手のパンティーの中に手を入れた。クールな美貌に似合わず、パンティーの中は剛毛が密生していた。いろいろな患者の股間を眺めているうちに、自分の股間には無頓着《むとんちゃく》になったのかもしれない。

「佐和子先生、顔に似合わず、お毛毛が濃いんですね。恭介くんが見たら、なんと言うかしらね?」

「い、今ここで、恭介のことは言わないでっ！　はううんっ！」

剛毛の密林の中で探り当てた佐和子先生のクリトリスは、すでにシコって屹立しており、指先で軽く触れただけで喘ぎ声を上げた。

「佐和子先生のクリトリス、大きくて、敏感なんですね。これじゃあ、恭介くんに触られたら、確かにヤバいかもしれませんね」

「また恭介の名前を出すなんて……明穂さん、意地悪ね！　あなたのクリトリスだって、シコってるわ」

「私だって、佐和子先生とレズれると思って、朝から興奮してたんです」

私は親指と人差し指と中指の三本でクリトリスをこねるという晃司に教えられたクリ責めのテクニックを繰り出す。

すると、佐和子先生は人差し指と薬指で陰核包皮を押さえてクリトリスを剝き出し、中指の腹をクリトリスに当てて三本の指を振動させながら円を描く。佐和子先生の触り方はあくまでもソフトで、最初は物足りないと思ったけど、その物足りなさが切なさに変わり、気がつくとイカされていた。

佐和子先生もほぼ同時にクリイキしたようだ。

「佐和子先生、さすがは婦人科の先生だわ。とっても気持ちよかった」

「私のクリオナのテクニックよ。明穂さんの愛撫、荒々しくてちょっぴりヒリヒりしたけど、久しぶりに男の人に嬲られてるような気になったわ」

その直後に恭介くんが玄関を開ける音が聞こえた。私たちはまた唇を重ね合って恭介くんを迎えた。

「ただい……な、何？　二人で何をしてるの？」

リビングのドアを開けた恭介くんの目に、実の母親と私がソファーで抱き合ってキスしている光景が飛び込んだのだ。しかも、二人ともスカートは鼠径部までまくれ上がり、ムッチリした四本の太ももばかりか、パンティーまで露わになっている。驚くなという方が無理だろう。

「あら、恭介、お帰りなさい。何って、あなたの憧れの明穂さんと抱き合ってキスしてるんでしょ」

「だ、だけど、どうして……ママとおばさんがキスを？」

「恭介くん、お帰りなさい」

「おばさん……こ、こんにちは」

「恭介、さっきからおばさん、おばさんって……明穂さんに失礼でしょ」

「だって、ママとおば……いや、明穂さんがキスしてるだなんて、思いも寄らなかったから動揺しちゃって。でも、すみませんでした、明穂さん」

こんなに礼儀正しくて素直な高校生が、夜ごと母親に対して近親相姦を迫っているとは、にわかには信じがたい。すると、その恭介くんが、鼻をクンクンと鳴らし始めた。

「あ、ママの寝室と同じ匂いと、それとは違う匂いもしてる。もしかして、二人とも、もうイッちゃったとか？」

佐和子先生が言ったことは嘘ではなかったが、それにしても、まだ高校生なのに、母親の蜜液の匂いを嗅ぎ分けられるとは、恐るべしだ。しかも、恭介くんの股間を見ると、佐和子先生が言っていた通り、ズボンの上からでも分かるほど大きなペニスを勃起させている。人並み以上に大きい晃司のペニスといい勝負だ。私は思わず、ゴクリと生唾《なまつば》を呑み込んだ。

「恭介くんさえよければ、これから三人でシャワーを浴びない？　私とママはお股がベトベトだし、恭介くんにはまず、リラックスしてもらいたいから。佐和子先生もいいでしょ？」

「わ、私はかまわないけど……」

「えっ、ママも一緒に？　じゃあ、僕もいいよ」

その喜びようが気になった。私と二人きりでは、どうだったのだろうか？　でも、追及はやめておいた方がよさそうだ。

恭介くんが自分の部屋に荷物を置きに行っている間に、私と佐和子先生が先にシャワーを浴びることになった。

バスルームは、脱衣場も浴室や浴槽も、うちのマンションの二倍近い広さがあり、設備も最新のものだ。

「素敵なバスルームね」

「主人と別れた後にリフォームしたの。潔癖症というわけではないけど、なんとなく嫌だったから」

お互いにクリトリス愛撫でイカせ合った仲だから、二人ともさっさと全裸になった。やはり、佐和子先生は白衣の下にムチムチの媚肉を隠していた。

クールな印象を与える切れ長の目、ツンと上を向いた高い鼻に対して、上下ともポッテリとした唇が妙に艶めかしい。八頭身の小顔と同じぐらいの大きさのたわわな乳房と張り出しの見事な腰が、ウエストのくびれを強調する。繁茂する漆黒の陰毛は、ムッチリとした両の太ももが合わさるところから発せられる淫臭を拡散させる。女の私でさえも発情臭に誘われ、その三角地帯に鼻を埋めたくなる。

これだけの媚肉が目の前にあるのだから、泉のように精子が湧き出てくる健康な高校生が、セックスの練習をさせてほしいと思うのも無理はない。

でも、本当に練習させてほしいだけなのか？　本当は、美しい母親のエッチな肉体そのものを、自分のものにしたいのではないのか？　そんな疑問を抱かせるほど淫靡な肉体だ。

私と佐和子先生が向かい合ってお互いの身体にボディーソープを塗りたくっていると、恭介くんが浴室の折り戸を開けて入ってきた。まるで股間に天狗《てんぐ》のお面を貼りつけたように、勃起ペニスが天を衝いている。華奢《きゃしゃ》な身体には不似合いなたくましさで、赤ちゃんの拳ほどの大きさの亀頭は完全に露出し、エラを大きく広げている。陰毛の濃さは母親譲りだ。

「きょ、恭介……こんなとき、タオルで前を隠すのがエチケットでしょ」

佐和子先生は自分の息子の禍々しいまでに立派な勃起ペニスを目の当たりにして、明らかに動揺している。恭介くんはすかさず、そこを突く。

「ママたちだって、隠してないじゃないか。それに、今日は明穂さんとセックスするんだから、隠しても意味ないよ。そうでしょ？　明穂さん」

「そうね。そのままでいいから、こちらにいらっしゃい」

恭介くんが前に立つと、身長一六〇センチの私は頭を反らして見上げなければならない。晃司より少し高いから、一七五センチ以上はありそうだ。

「前は私が洗いますから、佐和子先生は背中を洗ってあげてください」

「わ、分かったわ。恭介、ママが背中を流すわね」

「うん。ママに背中を流してもらうなんて、小学校低学年のとき以来だね」

私は手にボディーソープを取ると、恭介くんの勃起ペニスを両手で包み込むようにして、感触を確かめる。珍萬寺の安岡如水住職の還暦ペニスと比べると、硬度も熱量もケタ違いで、熱せられた鉄の棒のようだ。これが本当に、女性恐怖症患者のペニスなの？

改めて、そんな疑問が湧いてきたが、ここでやめるわけにはいかない。勃起ペニスを握った右手で、陰毛に埋もれた根元から亀頭の先端まで満遍なくしごきたてる。

「おおおっ！　別れた彼女にしごいてもらったことはあるけど、こんなに気持ちよくはなかった。明穂さん……すごく、き、気持ちいいですっ！」

「よかったわ、気に入ってくれて。これだけ立派だと、しごき甲斐があるわ」

恭介くんの後ろでは、身体の前面にボディーソープを塗った佐和子先生が、なんと恭介くんの背中にたわわな乳房を押しつけ、身体をくねらせている。実の母親が息子にソープランド嬢のようなサービスを施しているのだ。恭介くんが私の手コキをほめたので、対抗心を燃やしているのかもしれない。

「恭介、ママのオッパイはどう？」

「ええっ？　ママはオッパイで洗ってくれてるの？　柔らかくて、ちょっとくすぐったいけど、とっても気持ちいいよ」

十七歳の高校生が自宅のバスルームで、四十三歳と三十六歳の熟女二人にサンドイッチされ、ボディー洗いと手コキのサービスを受けている。まるでソープランドの二輪車だが、そのうちの一人は、普段は白衣を着たクールビューティーな女医で、しかも実の母親だ。倒錯度も背徳度も普通のソープランドプレーの比ではなく、童貞の高校生に長く耐えられる快感ではない。

「恭介くん、オチ×チンがヒクヒクしてきたわよ。出したくなったら、出してもいいわよ」

「ほ、本当に……もう出してもいいんですか？」

「恭介くんの若さなら、一日に三回や四回は軽いでしょ？　それに、私と佐和子先生とで協力して、何度でも勃たせてあげるわ」

「じゃあ……お願いします。だ、出させてくださいっ！」

私は右手で肉茎を激しくしごきながら、左手のひらで亀頭を包むようにしてこね回す。

「おおおおおんっ！　き、気持ち……よすぎるっ！　女の人の手でしごいてもらうのが……こ、こんなに気持ちいいなんてっ！」

「佐和子先生は、恭介くんのタマタマを揉んであげてください」

恭介くんの股下から佐和子先生の両手が伸びてきて、睾丸を一つずつ握り、指先でクリッ、クリッとこねる。

「おおおおっ！　キンタマがイタ気持ちいいっ！　ママ……明穂さん……さ、最高だっ！　イクッ！　イクッ！」

ドピュッ！　ドピュピュピュピュピュピュッ！

恭介くんの精液は白い奔流となって勃起ペニスの先端から飛び出し、正面のタイル張りの壁をビタビタと打つ。

「やっぱり若いだけあって、射精の勢いも量もすごいわっ！」

私が尿道を根元から先端に向かってしごき、噴き残った精液を最後の一滴まで絞り出す間、恭介くんは天井を仰ぎ見て、初めて他人の手でイッた余韻に浸っている。

「若い男の子の射精って、初めて見たけど……こんなに出して、本当にまた勃つのかしら？」

佐和子先生は恭介くんの肩越しに、ようやく萎えてきた実の息子のペニスを覗き込み、心配そうに尋ねる。

「大丈夫よね、恭介くん」

「はい。明穂さんとママがまた触ってくれるなら、何度だって大丈夫です」

「じゃあ、次はいよいよ本番よ。場所は恭介くんのお部屋？　それとも……」

恭介くんの身体に熟女二人で塗りたくったボディーソープを、シャワーで洗い流しながら尋ねる。佐和子先生が返答に詰まっている間に、恭介くんはためらうことなく答えた。

「ママの部屋がいい。だって、僕の部屋のベッドは小さくて、三人一緒には上がれないもの」

というわけで、三人ともシャワーでボディーソープの泡を洗い流すと、身体にバスタオルを巻いただけの姿で佐和子先生の寝室に移動した。

そこは十畳ほどの洋室で、ヘッドボード付きのキングサイズのベッドが、正面の壁の中央に接して置かれている。右側の壁一面にクローゼットと特大ミラー付きのドレッサーが造りつけられ、淡い紫色のカーテンがかかった左側の窓辺には東南アジア風のコーヒーテーブルセットが置かれている。

全体に機能的でスタイリッシュな寝室だが、ムッとするような牝臭が漂っているのに気づいた。恭介くんに聞こえないように、佐和子先生の耳元でヒソヒソ声で尋ねる。

「佐和子先生、私が来るまで、ここでオナニーしてませんでした？」

答える代わりに恥ずかしそうにうつむき、小さくうなずいた。でも、高校生はあからさまだ。鼻をクンクン鳴らした後で、高らかに断言した。

「ママのエッチな匂いがする。僕がママにセックスを迫ったときに、ママのオマ×コから匂ってくるのと同じだ」

実の息子に淫臭を揶揄《やゆ》された佐和子先生は、耐えきれずにバスタオルを巻いただけの身体を屈めた。バスタオルの上から豊かな乳房がこぼれ落ちそうになり、下の方は巻きが解けて太ももの付け根が覗く。佐和子先生にとって、これがさらに事態を悪くする結果となった。

「わあっ！　今度はママの身体から……直接エッチな匂いがしてきたっ！」

佐和子先生はいきなり立ち上がると、恭介くんをキッと睨んだ。

「恭介、ママをからからうのもいい加減にしなさいっ！　ママが恭介のために、どれだけ恥ずかしい思いをしてるか分からないの？　これ以上、ママをからかうなら、もう知りませんよっ！」

佐和子先生の言っていることはもっともだが、自分が発情していることを実の息子に見抜かれた恥ずかしさ、照れくささを隠すために怒ったふりをしているのだ。だが、男子高校生に、そんな大人の女のズルさは分からない。

「ご、ごめんなさい、ママッ！　もうからかったりしないよ」

「分かれば、いいのよ。さあ、続きを明穂さんにお願いしなさい」

恭介くんは真剣な顔で、私を見つめる。

「明穂さん、お願いします。僕の女性恐怖症を治してください」

腰にバスタオルを巻いただけの高校生に真顔でセックスを頼まれ、思わず吹き出しそうになったが、ここで吹き出してはすべて水の泡どころか、症状を一層悪化させかねない。

笑いをグッと堪えたが、私の中で、不可解さはますます膨らんできた。私や母親の前で恥ずかし気もなくペニスを勃起させ、バスルームでは私の手で勃起ペニスをしごかれ、母親に睾丸を揉まれながら盛大に射精した。これが本当に女性恐怖症の患者なのか？

まあ、ともあれ、ベッドで寝てみれば分かることだ。

「じゃあ、ベッドに仰向けに寝てちょうだい」

私は身体に巻いていたバスタオルを剝ぎ取って一緒にベッドに上がり、仰向けになった恭介くんの右側に添い寝し、恭介くんの腰のバスタオルを開いた。ペニスは一定の大きさは保っているものの、さすがにまだ勃起はしていない。

「じゃあ、今度は恋人同士のような気分でいきましょうね。佐和子先生は、その椅子に座って見ていてください」

佐和子先生を窓辺のコーヒーテーブルの椅子に座らせようとすると、恭介くんがおかしなことを言い出した。

「ママには、クリニックで診察するときと同じ格好をしてほしい」

「白衣を着てほしいって言うの？　分かった……着替えてくるわ」

佐和子先生は首をかしげながらも、恭介くんの機嫌を損なうのは避けた方がいいと考えたらしい。造りつけのクローゼットの扉一つを開け、中に入った。そこは、ウォークインクローゼットだった。

「恭介くん、キスしていいかな？　彼女とは……キスはしたんでしょ？」

扉の奥に消える母親の姿を見つめていた恭介くんに尋ねる。

「はい。キスは済ませました。僕も明穂さんとキスしたいです」

ハキハキと答え、平静を装っているが、恭介くんの胸が大きく上下している。

やはり緊張しているのだ。

なんだか母親になったような気持ちになり、右腕で腕枕し、そっと抱きしめて
唇と唇を重ねる。舌を挿し入れると、恭介くんも舌を伸ばしてきた。舌を絡め、
唾液を呑ませてやる。

「明穂さんの唾液、甘くておいしいです」

「気持ちが昂《たか》ぶっているから、そう感じるのよ。私も、恭介くんの唾液、甘く感
じるわ」

「明穂さんも、気持ちが昂ぶってるってこと？」

黙って恭介くんの右手を取り、私の股間に導き、小陰唇に触らせる。

「これが膣の入り口にある小陰唇よ。グッショリと濡れてるでしょ？　感じてい
る証拠よ」

恭介くんはソフトタッチで、小陰唇の内側のヒダヒダを触ってくる。

「恭介くんの指遣い、優しくて、気持ちいいわ。とっても素敵よ」

少しは大きくなっているかと思い、左手を伸ばして恭介くんのペニスに触ったが、それは依然としてダラリとしたままだった。睾丸から肉茎、亀頭のエラや裏筋まで、指を何度も往復させて這わせるが、変化はない。

そのとき、カチャッと音がして、ウォークインクローゼットから佐和子先生が出てきた。乱れていた髪をポニーテールにまとめ、縁なし眼鏡をかけ、白衣を着ている。白衣の裾からは黒いストッキングに包まれた可愛らしい膝小僧と引き締まったふくらはぎが覗く。診察室にいる佐和子先生そのものだ。

「恭介、これでいい?」

佐和子先生の白衣姿を見た恭介くんのペニスに、血液がドクッと流入した。

「うん、それでいいよ。ありがとう」

佐和子先生がコーヒーテーブルの椅子に腰かけ、脚を組むと、白衣の裾が割れて膝小僧と太ももの三分の一ほどが現れた。すると、その様子を睨むように見ていた恭介くんのペニスに血液が、ドクッ、ドクッと流入した。佐和子先生の動きに反応しているのは明らかだ。その後はまた、ピクリともしない。

「今度はフェラチオするわね。彼女にはしてもらったの?」

「いいえ、してくれませんでした」

「じゃあ、これがフェラチオ初体験ね」

　恭平くんの脚を開かせて間に入り、ペニスを口に含んで亀頭を舌で舐め、強く吸引するが、変化はない。

　この私に魅力を感じなくなったのか？　そうだとしても、血気盛んな若い男子が経験豊富な熟女に手コキされたりフェラされたりして、勃つ気配すらないなんてことがあるのだろうか？　私は手コキをしながら尋ねた。

「恭介くん、私の手コキとかフェラ、気持ちよくないの？」

「いいえ、とっても気持ちいいです。どうして勃たないのか……自分でも不思議なんです」

　佐和子先生がそんな恭介くんを心配そうに見つめながら脚を組み替えると、今度は、さっきとは違う脚の膝小僧と太ももの半分以上が露わになる。すると、私の手の中の恭介くんのペニスがピクッと動き、血液が流入した。恭介くんはやはり、母親の白衣姿や黒ストッキングに包まれた太ももに反応している。もしかしたら、恭介くんはマザコンなの？　そんな疑問が湧いたが、今はとにかく童貞ペニスを勃起させることが先決だ。

「佐和子先生、こちらに来て、ちょっと手伝ってもらえますか？」

バスルームでは、恭介くんは佐和子先生の乳房で背中を洗われてペニスを勃起させ、両手で睾丸を揉まれながら射精した。

「さっきのように、恭介くんのタマタマを揉んであげてください」

私が恭介くんの脇に移動すると、佐和子先生が恭介くんが大きく開いた脚の間に入り、息子の睾丸に両手を伸ばす。最初は揃えた指先に載せ、ユラユラとあやすように揺する。

「あああっ！　ママ、気持ちいいよっ！　もっと、強く握っててっ！　さっきみたいにクリクリしててっ！」

息子に睾丸嬲りをせがまれた母親は、嬉々としてそれぞれの手に睾丸を握り、コリッ、コリッとひねり潰すように揉み込んでいく。その途端、恭介くんのペニスに、血液がドクドクドクッと音を立てて流入するのが分かった。私の手コキにもフェラチオにもまったく反応しなかったペニスが、手の中でみるみる大きくなり、たちまち完全勃起した。

「恭介くんのペニス、勃起しているうちに、私のオマ×コに入れるわよ。いいわね？」

「は、はい、お願いします」

息子の睾丸を揉み続けている佐和子先生にお尻を向けて恭介くんの腰を跨ぎ、ほころび出た小陰唇に大栗のような亀頭をしゃぶらせる。その様子を恭介くんが目を皿のように開いて見ている。

「あ、明穂さんのオマ×コの大きなビラビラにキスされてるみたいで……き、亀頭が気持ちいいですっ！」

大きなビラビラは余計だが、下手なことを言って、また萎えられても困る。聞き流して、腰を下ろしていく。

「もうすぐ亀頭がオマ×コに入るわ。恭介くん、これで童貞ともお別れよ」

恭介くんの顔を見ながら腰をさらに下ろしていくと、亀頭が膣穴にズルリと潜り込んだ。

「ああっ！　入ったっ！　明穂さんのオマ×コ、温かくてヌルヌルして……なんて気持ちいいんだっ！」

恭介くんが自らの童貞喪失を実感できるように、勃起ペニスをゆっくりと膣穴に沈めていく。

「オ、オマ×コの奥に行けば行くほど……き、気持ちよくなっていくっ！　すごいっ！　これが……セックスなんだっ！」

「お、おばさんも気持ちいいわっ！　でも、恭介くん、イクのはできるだけ我慢してね。いっぱい我慢すれば、それだけ気持ちのいい射精ができるから」

カチカチに勃起した若い肉茎を味わうように一ミリ一ミリと沈めていき、ついに私の尻山が恭介くんの下腹に密着した。

「おおおっ！　チ×ポの先っぽがコリコリしたものにぶつかったっ！」

「それは……し、子宮口よ。子宮の入り口ね。大人でも私の子宮口に届く人はめったにいないから、恭介くん……自慢していいわよ」

「ほ、本当ですか？　明穂さんにそう言われて、僕、うれしいですっ！」

晃司以外の男に子宮口を突かれて、私の方が先に我慢できなくなってきた。

「恭介くん、私が動くから、恭介くんはじっとしていてね」

尻山を恭介くんの下腹に密着させたまま、腰をグラインドさせ、子宮口を高校生の新鮮な亀頭にこすりつける。

「おおおおおっ！　亀頭が……し、子宮口にフェラチオされてるみたいっ！　ママのキン×マ揉みも最高だっ！　チ×ポもキン×マも、こんなに気持ちいいなんて……が、我慢なんかできないよっ！」

私の子宮口に亀頭をしゃぶられ、母親に睾丸を嬲られる快感に耐えかねて、恭介くんが下から腰を突き上げ始めた。射精が近いのだ。恭介くんの射精に合わせて私もイケるように、腰のグラインドにしゃくり上げる動きを加え、そのスピードを上げていく。

そして、フィットネスクラブのベリーダンス教室で鍛えた激しい腰遣いで、童貞を捨てたばかりの高校生を一気に射精に追い込むと同時に、私も最高のタイミングで絶頂を迎えた。

「イクッ！　私、恭介くんのチ×ポで……イクッ！　イクゥゥゥゥッ！」

「あああっ！　ママッ！　僕も……イクッ！　ママ、イクよっ！」

射精の第一弾が子宮口を打つのを感じた瞬間、私は腰を素早く持ち上げて勃起ペニスを膣穴から引き抜き、恭介くんの下腹目がけてイキ潮を噴射する。膣穴から解き放たれた勃起ペニスは、精液の奔流を噴き上げながら前後左右に暴れ回っている。恭介くんの股間には、息子の初セックスでの射精を少しでも気持ちよくさせようと、睾丸嬲りを続けている佐和子先生の手が見える。

私がイキ潮噴射を、恭介くんが射精を終えて後ろを振り向くと、そこには私のイキ潮と恭介くんの精液にまみれた白衣を着た佐和子先生がいた。

息子の女性恐怖症を治すことができたという安堵《あんど》からか、その顔は慈母のように優しく微笑むとともに、縁なし眼鏡をかけた目の奥に淫靡な光が宿る。

私も恭介くんも二度の絶頂に達したが、佐和子先生は私とのレズプレーで一回イッただけだ。おまけに、愛する息子が「ママッ！」と叫びながらしぶかせた精液を浴びている。そんな息子の姿に発情して、膣穴から蜜液をあふれさせているに違いない。

私はもう気づいていた。母親も息子も、お互いにセックスで結ばれたいと思っていることに。だったら、二度も気持ちよくなったお礼に、母親と息子ともども望みを叶えてあげよう。

「佐和子先生、すみません。恭介くんと私のお股をきれいにするために、熱い蒸しタオルを持ってきてもらえませんか？」

「あら、私としたことが……気がつかなくてごめんなさいね」

佐和子先生はイキ潮と精液にまみれた白衣を着たまま、寝室から出ていった。

ドアが閉まったのを確かめてから、恭介くんの顔を覗き込んで尋ねる。

「恭介くん、恋人とのセックスに失敗したっていうの、嘘でしょ？」

「ええっ？　どうしてそれが？」

「さっきイクときに、ママッ、ママッて叫んでたわ。本当は佐和子先生が大好きで、先生とセックスしたいんじゃないの？」

「本当はそうだけど、ストレートにママに告白して、マザコンの変態だと思われたり、嫌われたりするのが怖くて……」

「それで、女性恐怖症になったと嘘をついて、ママに迫ってたのね」

恭介くんは黙ってうなずいた。

「でも、それって卑怯《ひきょう》だと思わない？　仮に、それで佐和子先生が身体を許してくれたとしても、先生をだましてセックスすることになるわ。恭介くんは、佐和子先生とただセックスできれば、それでいいの？」

恭介くんは思い切り首を横に振る。

「だったら、今日これから、佐和子先生に告白しなさい」

「でも、断られたら、僕、どうして生きていけばいいのか……」

「大丈夫よ。佐和子先生だって、本当は恭介くんと愛し合いたいの。私には子供はいないけど、女同士だから、佐和子先生の気持ちがよく分かるわ。でも、医者としての倫理観とか、母親としての体面が邪魔しているの。それに、きっと佐和子先生も恭介くんの嘘を見抜いて、ママのことを好きなら好きと、正直に打ち明けてほしいって思っているはずよ」

「でも、どうしたら……？」

「私が佐和子先生とレズってその気にさせるから、そのときに……ね。でも、その前にちゃんと、勇気を出して好きだって告白するのよ」

恭介くんの顔がパッと明るくなったところに、佐和子先生が熱い蒸しタオルを何枚もトレイに載せて戻ってきた。

「私は自分で拭きますから、佐和子先生は恭介くんのお股を、きれいにしてあげてください」

今度は佐和子先生の顔がパッと赤らんだ。私がベッドの端に腰かけて股間を拭き始めると、佐和子先生は恭介くんの脚の間に正座し、イキ潮と精液にまみれた実の息子のペニスに蒸しタオルを被せ、上から揉み込むように丹念に清拭《せいしき》する。

「ママ、ありがとう。とっても気持ちいいよ。僕、ママの手できれいにしてもらえて、幸せだよ」

その直後、佐和子先生の驚く声がした。

「まあ、どうしましょ？　また……勃ってきたわっ！」

見ると、恭介くんの股間に広げたタオルの中心が、テントを張ったように高々と持ち上がっている。

「ママ、ごめんなさい。僕、嘘ついてたんだ。本当はママが大好きで……ママとセックスしたいっ！　だから、ママが手で触ってくれただけで、こうなっちゃうんだっ！」

恭介くんは自らタオルを剝がし、実の母親の目に勃起ペニスを晒す。それは一度のセックスを経験しただけで、自信に満ちたように雄々しく、ついさっきまで童貞だった高校生の逸物とは思えないほど禍々しく勃起している。

「まあ、恭介ったら……でも、私たち、親子なのよ」

佐和子先生の声が震えている。最後の理性を振り絞って、自分の気持ちに逆らっているのだ。私が最後の一線を越えさせてあげよう。

「佐和子先生、失礼します」

そう言って、佐和子先生の白衣のボタンを外し、一気に剝ぎ取る。すると、お揃いの黒のブラジャーとパンティー、それに黒ストッキングを吊っている黒いガーターベルト姿が現れた。私も恭介くんも、純白の肌と黒ずくめの下着の淫靡なコントラストに目を奪われる。

ブラジャーの布地は、たわわな乳房の頂点に鎮座する乳首と乳輪を隠すだけの大きさしかなく、ハイレグパンティーの股布の両脇からは、ゴワゴワの陰毛が盛太にはみ出す。ストッキングは太ももの半分から下を覆っているにすぎず、付け根に近い部分の肌の白さを引き立てている。

理知的な美しい顔と、淫靡の極致ともいうべき肉体のアンバランスが、見る者の劣情をかき立てずにはおかない。

「ママ、なんてきれいなんだっ！　とっても素敵で……エッチだっ！」

「佐和子先生のエロ下着姿……私までまたレズりたくなってきたわ」

それは恭介くんと打ち合わせた作戦でもあり、今の私の本音でもあった。タオルを投げ捨てた私は、佐和子先生に抱きつき、そのままベッドに倒れ込む。

佐和子先生の唇を奪い、太ももを大きく開かせて、パンティーの中に右手を忍び込ませる。そこは、すでにグチョグチョの洪水状態になっていた。やはり、佐和子先生も本当は、実の息子の恭介くんと結ばれたかったのだ。

私は左手で佐和子先生のブラジャーをむしり取って左右の乳首を交互に吸い、歯列で甘噛みしながら、パンティーの中に忍ばせた右手の人差し指と薬指で陰核包皮を割ってクリトリスを剝き出し、中指の腹をクリトリスに当てて三本の指を振動させせながら円を描く。佐和子先生が最初に教えてくれたテクニックだ。

「はうっ！　明穂さん……乳首とクリトリス、両方を責めるなんて……き、気持ちよすぎるわっ！」

　佐和子先生は、実の息子の前であることを忘れて、あからさまな喘ぎ声を上げ始めた。そろそろ潮時だろう。

「さあ、恭介くん、佐和子先生にもう一度、ちゃんと告白するのよ」

　今度は恭介くんが実の母親の両脚の間に正座し、神妙な顔で話しかける。

「ママ、僕はママが大好きで、ママとセックスしたい。お願いだよっ！」

　さっきまでは理性が邪魔をしていたが、佐和子先生も今は自分の気持ちに素直になった。

「分かったわ。ママも恭介が大好き。恭介とセックスしたいわ。だから、立派になった恭介のオチ×チンを、ママの中に入れてちょうだいっ！」

「ママ、ありがとうっ！」

　恭介くんは佐和子先生の両脚を真っ直ぐに伸ばしたまま天井に向けて垂直に持ち上げ、剛毛をはみ出させたハイレグパンティーのサイドに指をかけ、足首に向かってゆっくりと引き上げていく。

「ママのオマ×コが見えてきたっ！　真っ黒なジャングルの中に赤い花が咲いているようだ」

小陰唇が充血して満開に咲いているのだろう。

「恭介くん、その赤い花びらの上の方の割れ目から、頭を覗かせている真珠のようなものがあるでしょ」

恭介くんは、垂直に立てた母親の脚の足首をつかんで、扇を広げるように左右に開き、その中心に顔を伏せていく。

「あったっ！　これがクリトリスだね。こんなに大きいとは知らなかった」

「恭介と結ばれるのがうれしくて……お、大きくなってるのよ」

「ママのクリトリスに……キスするよ」

恭介くんは母親の太ももの内側に両手を当て、両の太ももが一直線になるまでグイッと押し開く。

「わあっ！　ママのオマ×コがパックリと割れて、ものすごく濃いエッチな匂いがしてるっ！　それに、マン汁もたくさんあふれてるっ！」

「はううんっ！　解説はもういいから、早くクリちゃんにキスしてっ！」

佐和子先生は完全に一匹の牝となり、腰を悶えさせて実の息子にクンニリングスをねだる。

恭介くんはクリトリスに唇を被せたものの、じっとしたままだ。ネットやアダルトビデオで仕入れた知識は、やはり実践では役に立たないようだ。

「恭介くん、佐和子先生のクリトリスを吸いながら、舌でレロレロするの」

すると、恭介くんは実際にチュウチュウと音がするほど激しくクリトリスを吸引し、頭全体を上下左右に動かしながら舐め始めた。

「はおおおおんっ！　恭介っ！　す、すごいわっ！　こんなに気持ちのいいクンニは初めてよ。別れたお父さんより、ずっと上手だわっ！」

父親よりも上手とほめられたことで、恭介くんはますます熱心にクンニリングスを続ける。

「あああんっ！　恭介……マ、ママはイキそうよっ！　イクッ！　ママは恭介のクンニで……イクッ！　イクッ！　イクゥゥゥゥウッ！」

佐和子先生は両手で実の息子の頭をつかむと、その顔を自らの生殖器官に押しつけ、背中を極限まで反らして見事なアーチを描いた。イキ潮を噴くには至らなかったが、実の息子のクンニリングスで絶頂に達したのだ。

「さあ、恭介くん、今よ！　佐和子先生の中に入れるのよっ！」

恭介くんは大きく開いたままベッドに投げ出された母親の両脚を肩に担ぎ、勃起ペニスの先端をダラダラと蜜液を垂れ流している膣穴に押し当てる。

「ママ、いくよっ！　ママのオマ×コに、僕のチ×ポを入れるよっ！」

恭介くんが体重を勃起ペニスの先端にかけると、ズブリと音を立てて亀頭が沈み込んだ。

「はおおおおんっ！　入ったっ！　恭介のオチ×チンが……ママのオマ×コの中に入ったわっ！　そのまま……お、奥まできてっ！」

恭介くんはあまりの快感に脂汗を流して耐えながら、腰を進め、ついに母と子の下腹と下腹が密着し、陰毛と陰毛が絡み合った。

「す、すごいっ！　チ×ポの先が……ママの子宮口に当たってるっ！」

「子宮口を突かれるの……ママ、初めてよっ！　恭介のオチ×チンの方が、パパのよりずっと大きくて……何倍も気持ちいいわっ！」

恭介くんはなぜか、勃起ペニスを深々と突き入れたまま動こうとしない。

「恭介、どうしたの？　ママのオマ×コ、思い切り突いてもいいのよ」

「ママ、お願いがあるんだ」

「なあに？　ママに何かしてほしいの？」

「ママと……後ろからしたい」

「う、後ろからって、バックでしたいってこと？」

「そう。ママの大きなお尻を見ながら……したいんだ。駄目かな？」

「だ、駄目じゃないけど、恭介のパパとはバックでしたことないから……ちょっと恥ずかしいわ」

「お願いだよ、ママっ！　お願いっ！」

「もう……駄々っ子みたいなんだから。分かったわ」

「ありがとう、ママっ！」

恭介くんは嬉々としてペニスを引き抜き、母親をうつ伏せにし、腰を引っ張り上げて四つん這いにさせる。真っ白な搗きたての餅のような尻山が、息子の目の前に突き出された。すかさず息子の手が母親の尻山に伸びる。

「すごいっ！　大きいだけじゃなくて、柔らかくて、スベスベで……触ってるだけでも気持ちいいよっ！」

手で触るだけでなく、両腕で母親の尻を抱きしめ、尻山の割れ目に鼻を埋め込むように頬ずりする。

「やめてっ！　恭介、ママの、お、お尻に……そんなことしちゃ駄目よっ！」

佐和子先生は腰を大きく振って息子を尻から払いのけようとするが、母親が腰を暴れさせるほど、息子はさらに強く顔を埋めてきて、ついには鼻が肛門の窄まりにスッポリとはまり込んでしまったようだ。息子はここぞとばかりに、思い切り鼻から息を吸い込む。

「おおおおっ！　ママのお尻の穴、なんていい匂いがするんだっ！　魚の燻製《くんせい》のような香ばしい匂いがするっ！」

このままでは母親とアナルセックスになりそうな成り行きだが、恭介くんがそれを望んでいるとは思えない。恭介くんの背中をポンと叩《たた》いて、注意する。

「恭介くん、そのぐらいにしておきなさい。女が本気で嫌がってることをする男は最低よ」

すると、恭介くんは憑《つ》き物が落ちたように、大人しくなった。

「ママ、ごめんなさい。もうしないよっ！」

佐和子先生は後ろを振り向いて微笑むと、張り出しも盛り上がりも見事な尻を改めて息子に向かって突き出す。

「分かってくれれば、それでいいのよ。さあ、後ろからオマ×コを突き上げてちょうだい、そのたくましいオチ×チンでっ！」

「分かった。ママ、いくよっ！」

母親と息子は獣の形でつながり、息子が力いっぱい腰を突き入れるたびに、バチンという音とともに、母親の柔らかい尻肉が大きく波打つ。枕の端を握り締めた母親は、息子の突き入れに合わせて「おうっ、おうっ、おうっ」と野太い声で喘ぐ。その顔に理知的なクールビューティーの面影はない。

二人はもはや、私のことなど忘れたかのように、自分たちだけの世界に没入している。私は蒸しタオルを載せたトレイから一枚を手に取った。とっくに冷えきったただの湿ったタオルで身体を拭くと、バスルームの脱衣場で身支度を整え、佐和子先生の自宅を後にする。

最後に玄関のドアを閉める直前、寝室から佐和子先生の「イクッ！」という叫び声が聞こえた。その絶叫の凄まじさから、恐らくイキ潮を噴いたに違いない。

今日の午前中までは童貞だった高校生が、それから半日のうちに二人の熟女を絶頂させ、イキ潮まで噴かせたのだ。末恐ろしい高校生だ。

エピローグ〈晃司〉

珍萬寺駅前『淫ら』商店街よ、永遠に！

「はううっ！　そ、そんなに激しくしたら、隣に声が聞こえちゃうわっ！」

「大丈夫だよ。昼間の三時すぎから風呂に入るヤツはほかにいないさ」

総檜造りの湯船の縁に両手をついた明穂の腰を後ろからつかみ、ギンギンに勃起したペニスを膣穴に突き入れている。ここは、俺たち夫婦がついさっきチェックインしたばかりの箱根湯本《はこねゆもと》の高級和風旅館。客室のバルコニーに設けられた個室露天風呂が人気の温泉宿で、俺たちもその露天風呂の一つに浸かり、立ちバックの体位でセックスに及んでいるところだ。

特急電車に乗って箱根湯本駅に着くまでの間、正月休み明けの平日でガラガラなのをいいことに、明穂は俺の腰にブランケットを被せると、スラックスのファスナーを下ろして中からペニスを引っ張り出し、手コキを続けた。そのせいで、俺のペニスは電車を降りても勃ちっ放しで、部屋に入るとすぐに明穂を全裸に剝き、この露天風呂に雪崩れ込んだというわけだ。

「でも……川の向こうの旅館の窓からも丸見えよっ！」

「確かに。ちょっと寒いし……湯に浸かって対面座位でやろうぜ」

俺たちが分不相応なこんな高級旅館にいるのは、昨年の暮れ、珍萬寺駅商店街で行われた歳末大売り出しセールの福引きで、今度は明穂がこの旅館のペアで二泊三日の無料招待券を引き当てたからだ。それぞれ三日間の休暇を取ってやって来たのだ。

湯船に腰を下ろしても、雪が積もった周囲の山々を眺めることができた。俺は明穂の背中や尻を撫でながら時折り腰を突き上げ、明穂は俺の首に両腕を回して腰をゆっくりとグラインドさせる。そんなまったりとした雪見セックスを楽しんでいるうちに、いつの間にか、二人して激動の去年一年間を振り返っていた。

『激動』のきっかけは、一昨年《おととし》の暮れの商店街の福引きで、俺がフィットネスクラブの無料クーポン券を引き当てたことだった。そして、そのクラブチェーンのテレビCMに出演したことで、俳優の仁科晴彦と元タカラジェンヌで俺のオナペットだった錦織初音の夫婦と、初めてスワッピングを経験した。その後は三回ほど夫婦で上野の旅館に呼ばれ、なんと憧れの女優だった初音夫人のアナルを堪能することもできた。

　珍萬寺駅周辺の大地主の望月剛造とその妻で元銀座ホステスの瑠璃子の夫婦に誘われて３Ｐを経験した明穂は、もともとレズだった瑠璃子によってレズプレーの快感を教えられた。その後、二人はレズ友となり、瑠璃子夫人の要望で俺もプレーに加わり、３Ｐを楽しむことができた。瑠璃子夫人は、自分の夫のツチノコペニスほど太くはないが、長さでは勝る俺の勃起ペニスで初めて子宮口を突かれ、同時に明穂にクリトリスを責められてイキ潮を噴き上げた。目下の俺の雇い主の美しい奥さんとのセックスは、何度やっても興奮させられる。

　妖艶な美魔女の瑠璃子夫人との３Ｐを取り持ってくれた代わりに、俺が管理人として勤めるタワーマンションに住むミニスカ美熟女市議の長谷川美帆子と秘書の小松奈々子と３Ｐしたことを打ち明けると、すっかりレズに目覚めた明穂は、俺を連れて美帆子市議の部屋に押しかけた。もともとレズだった美帆子と奈々子はすんなりと明穂を受け入れ、その場で三つ巴のレズプレーを始めてしまった。三人同時に絶頂を迎えると、今度は三人がかりで俺を責め立て、それぞれの膣穴に一回ずつ射精させられた。それに懲りて以来、俺は美帆子市議が一人のときだけ相手をすることにしている。

一方、明穂の今の雇い主である福田孝雄と俺の前の会社の同期の久仁子の夫婦とは、奇妙なスワッピングを続けている。俺が久仁ちゃんとセックスしている間に、明穂が久仁ちゃんの夫婦の肛門に二本の指を挿入し、二人がかりで責める。久仁ちゃんの夫は、ほかの夫婦との3Pでイキ潮絶頂する自分の妻を見て興奮し、二本指でかき回されてポッカリと口を開いたままの肛門の窄まりに勃起ペニスを挿入して果てるという変態ぶりを見せている。俺は久仁ちゃんの膣穴に射精するからいいが、一人だけイッていない明穂は、家に戻ってから俺がイカせてやることになる。明穂は雇い主の希望だから、そんな変則スワッピングも仕方ないと諦めているようだ。

大和田家の菩提寺で、あのあたりの地名の由来ともなった珍萬寺住職の安岡如水と京都の名家の出で尼僧だった彩の夫婦とは、寺の本堂の裏の座敷で、あろうことか仏像型バイブと仏壇返しの体位でお庫裏様の彩夫人を成仏させるという不謹慎極まりないスワッピングとなった。仏罰が当たるのではと心配したが、その夜に熱が出て一日仕事を休んだだけですんだ。それをいいことに、その次の際には、最初から彩夫人に仏壇返しの体位で尻を天井に向かって突き上げさせ、蓮華草のように小さく可憐な肛門の窄まりを仏像型バイブで蹂躙《じゅうりん》し、イキ潮絶頂させ

ると いう狼藉《ろうぜき》を働いた。それでも、仏罰の代わりに、昨年末の福引きでこの高級旅館の無料招待券が当たった。彩夫人の股間に咲く大輪の蓮の花のような秘仏のご加護かもしれない。

母親で女医の岡本佐和子とセックスで結ばれたいという一人息子の高校生、恭介の切なる願いは、明穂の計らいで叶えられた。しかし、母親とのセックスで熟女フェチに目覚めた恭介は、なんとクラス担任の人妻教師や同級生の母親にまで手をつけるようになってしまったという。実の息子によって離婚以来五年間も空閨をかこってきた熟れ盛りの肉体に火をつけられ、ろくに相手にされなくなった佐和子が明穂に泣きつき、俺の出番となった。白衣を着た佐和子をクリニックの診察台に載せ、黒いガーターストッキングを穿いた太ももをM字に大開脚させて固定すると、生殖器官ばかりか排泄器官まで、聴診器やクスコを使って『診察』する。本物の女医とのお医者さんごっこが、今では俺の何よりの楽しみとなっている。

いずれは仁科初音や望月瑠璃子、長谷川美帆子と小松奈々子、そして、福田久仁子、安岡彩を次々と診察台に載せ、岡本佐和子を助手に、明穂を看護師に見立てて、その肉体の隅々までとくと『診察』するつもりだ。

「去年は、いろいろな人たちとスワッピングや３Ｐをして……初めての経験をいっぱいしたでしょ？」

「そうだな」

「不思議なんだけど、そうすることで、私、晃司をますます好きになっちゃったの。どうしてかな？」

「どうしてかなって言われても……俺も、明穂が俺の奥さんでよかったって思ってるんだから、理由なんて分からなくてもいいじゃないか」

「晃司も同じように思っていてくれたなんて、うれしいわっ！」

明穂は立ち上がると、俺に尻を向けて湯船の縁に両手をついた。

「寒くないのか？」

「たっぷりと温まったし、だいぶ暗くなってきたから、向かいの旅館からも見えないわ」

俺は改めて立ちバックの体位で、明穂の膣穴に勃起ペニスを突き入れながら、今年はどんな素晴らしい出会いがあるだろうかと考えていた。

というのも、フィットネスクラブの例の女広報部長から、今年もテレビＣＭに出てくれないかという打診があったからだ。昨年のCMが好評で新規入会者が増えたので、第二弾を制作したいという。共演者は仁科夫妻ではなく、ハリウッド映画にも出演したアクション俳優と愛人にしたい女優ナンバーワンと言われた美魔女の夫婦だ。俺にも明穂にも断る理由などなかったが、明穂と相談して、一つ条件をつけてみた。女広報部長と俺たち夫婦の３Ｐプレーだ。

電話で条件を伝えると、女広報部長がゴクリと生唾を呑み込む音が聞こえ、次の週末に女広報部長と横浜市内のホテルで会うことが決まった。彼女が地味なスカートスーツの下に隠している素晴らしい媚肉を、夫婦で心ゆくまで味わうのが今から楽しみだ。

そんなことを考えていたら、一気に射精感が高まってきた。

「明穂、俺は……もうイクぞっ！」

「いいわ、晃司っ！　私もイクッ！」

その直後、一段ときつく締め上げてきた明穂の膣穴に会心の射精を放つ。ふと見上げると、雪をいただく山の端に、茜色《あかねいろ》の日が沈んでいくところだった。

（了）

三交社文庫
SEJ-051

淫ら商店街は秘蜜の花園

2022年2月15日　第一刷発行

著　　者　阿久根道人
発 行 者　岩橋耕助
編　　集　株式会社メディアソフト
〒110-0016
東京都台東区台東4-27-5
TEL. 03-5688-3510（代表）　FAX. 03-5688-3512
http://www.media-soft.biz/
発　　行　株式会社三交社
〒110-0016
東京都台東区台東4-20-9　大仙柴田ビル２F
TEL. 03-5826-4424　FAX. 03-5826-4425
http://www.sanko-sha.com/
印　　刷　中央精版印刷株式会社
装丁・DTP　萩原七唱

ISBN978-4-8155-7551-9